浪花朵朵

大作家写给孩子们

捉猫记

[法] 马塞尔·埃梅 著
[法] 娜塔莉·帕兰 绘
胡庆余 译

江苏凤凰文艺出版社

目录

序言　　　　　001

鸭子与豹　　　1

狼　　　　　　28

鹿与狗　　　　51

大象　　　　　84

坏公鹅　　　　109

驴与马　　　　131

绵羊　　　　　155

天鹅　　　　　185

序言

没有一个老师会对他的学生讲：从前，动物们会说话，就像你和我一样，甚至比你和我说得还要多。因为除了说话，它们也没别的事好做。那个时候，没有电视，也没有互联网，更别说什么平板电脑、电子游戏、秋季和春季打折季了。动物们实在没什么可用来消遣的。那个时候，狗不吠，猫不叫，驴子也不嚷嚷，牛也只是在轨道车经过的时候机械地发出轻轻的哞哞声，和我们逃避现代化的时候没什么两样：手插在口袋里，满不在乎地吹着口哨，但是又三分担心，七分不知所措。那个时候，马很少嘶鸣，鹿也不会大声叫喊。那大家能做点儿什么呢？不如干脆说说话，甚至组织个讨论、讲座或者会议。那个时候，猪也只是稍微哼几下。要是老师不准你们在课上发短信，你们嚷嚷得可比猪厉害。

没有一个老师会告诉你们：从前，一只普通的鸭子只花了三个月，就绕着地球转了一圈。然后，在一个晴朗的早晨，一只豹子陪着它回到了起点。说实话，一想到自己是个肉食主义者，豹子还感到有点儿不好意思。当然，只要鸭子朝有豹子的方向走，那陪它回来的就是豹子。如果往南一点儿，往池塘的另一边走，陪鸭子回来的肯定是一头和蔼的河马或一条可爱的鳄鱼。如果往北，沿着围墙那条路走，跟它回来的一定有一头北极熊、一只企鹅、一匹北极狼，还有一些凄凉的浮冰。

那个时代也有危险。小女孩在睡觉之前幻想着自己是一匹马，她梦见自己在田野间奔跑，马鬃在风中飘扬。第二天醒来的时候，她就变成了一匹真正的马。这可不是什么好事，不仅她和爸爸妈妈的关系发生了微妙的变化，学习成绩也一落千丈。

那个时代并非没有惊喜。比如一只其貌不扬的白色小母鸡，竟然变成了一头大象，而且全身上下从长鼻子，到大耳朵，再到象牙，都是如假包换。

那个时代是那么地危险、惊人、神奇，不过我们也不必过度怀念，因为那个时代是永恒的。它永存在许多地方，时时焕发着崭新的生命力，比如在操场上、在阁楼里、在楼梯上、在草地上或在超市的停车场里。那是个奇妙的、令人惊讶的时代。每当孩子们兴奋地开始说"似乎……"时，它就会被重塑。似乎我会成为船长、宇航员、马戏团的马……似乎我会是大海、星星、远处的云……

只需要翻开一本马塞尔·埃梅的书，您就会发现，自己将立刻沉浸在这个创造力和想象力至上的王国里。在这片无边无际的陆地上，所有的梦想都可能实现，所有的自由都唾手可得。如果我没弄错的话，这就是文学。

弗朗索瓦·莫雷尔

鸭子与豹

　　黛尔菲娜和玛丽内特趴在草地上，一起研究一本书里的地理知识。一只鸭子夹在她俩的脑袋中间，正伸长脖子看书上的地图和插画。这是一只漂亮的鸭子，它的脑袋和脖子都是蓝色，嗉囊是红棕色，翅膀是蓝白条纹。它不识字，所以小女孩们就向它一张张解释书上的插图，跟它讲地图上那些标有名字的国家。

　　"这是中国。"玛丽内特说，"在这个国家，每个人的皮肤都是黄色的，眼睛都是丹凤眼。"

　　"那鸭子也是吗？"鸭子问。

　　"当然。虽然这本书没有谈到，但肯定也是那样。"

　　"啊！地理确实是个好东西……比地理更好的应该是旅行。我呢，我好想去旅行，你们要是知道……"

　　玛丽内特开始笑了起来，黛尔菲娜说：

　　"但是鸭子呀，你太小了，不能去旅行。"

　　"我个头小，这是事实，但我很聪明呀。"

"如果你去旅行，你就得离开我们。难道你和我们在一起不开心吗？"

"哦！不是这样的。"鸭子回答，"没有人比我更爱你们了。"

它把脑袋在两个小姑娘的头上蹭来蹭去，低声说：

"我对你们的爸爸妈妈，就不会说这些话。噢！你们可别以为我想说他们的坏话。我没那么没教养啦。但是他们太不近人情，让我真的很害怕。唉，我想到了那匹可怜的老马。"

小女孩们抬起头，叹了口气，望着在草地中央吃草的老马。这可怜的动物已经很老了，尽管远远地看去，人们还是能数清它的肋骨，它的腿很瘦弱，几乎连自己的身体都快支撑不住了。它还瞎了一只眼睛，所以要是路不好走的话，它就会跄跄跪跪，导致两个膝盖都伤得很严重。它用那仅存的一只健康的眼睛，看到朋友们正在注视自己，便朝他们走了过来。

"你们刚刚是在说我吗？"

"是的，正说到你。"黛尔菲娜答道，"我们刚刚在说你最近看上去还不错。"

"你们三个真好，"老马说，"我愿意相信你们。但是可惜呀，主人和你们的看法不一样。他们说我太老了，连自己吃的饲料都赚不回来。我确实又老又累了，我已经干了那么多年……你们想想，我还是看着你们两个小家伙来到这个世界上的。我记得你们那个时候啊，并不比你们的布娃娃大呢。当年，我毫不费力就能载着你们上山坡。我犁地的时候，力气比得上两头壮牛。而且那时天天都很快乐……现在，我呼吸都困难，四肢软弱无力，成了这副样子了。一匹劣马，好吧，我就是个废物。"

"不，"鸭子抗议道，"我保证，是你想多了。"

"但愿是我想多了，可就在今天早上，主人还想把我卖给屠宰场。孩子们说我在好季节还能做点儿事，替我说了不少话。如果不是她们的话，我已经被卖给肉店了。再说，这只不过是早晚的事。他们决定，最晚九月份要在集市上把我卖掉。"

"我很想为你做点儿什么。"鸭子叹了口气说道。

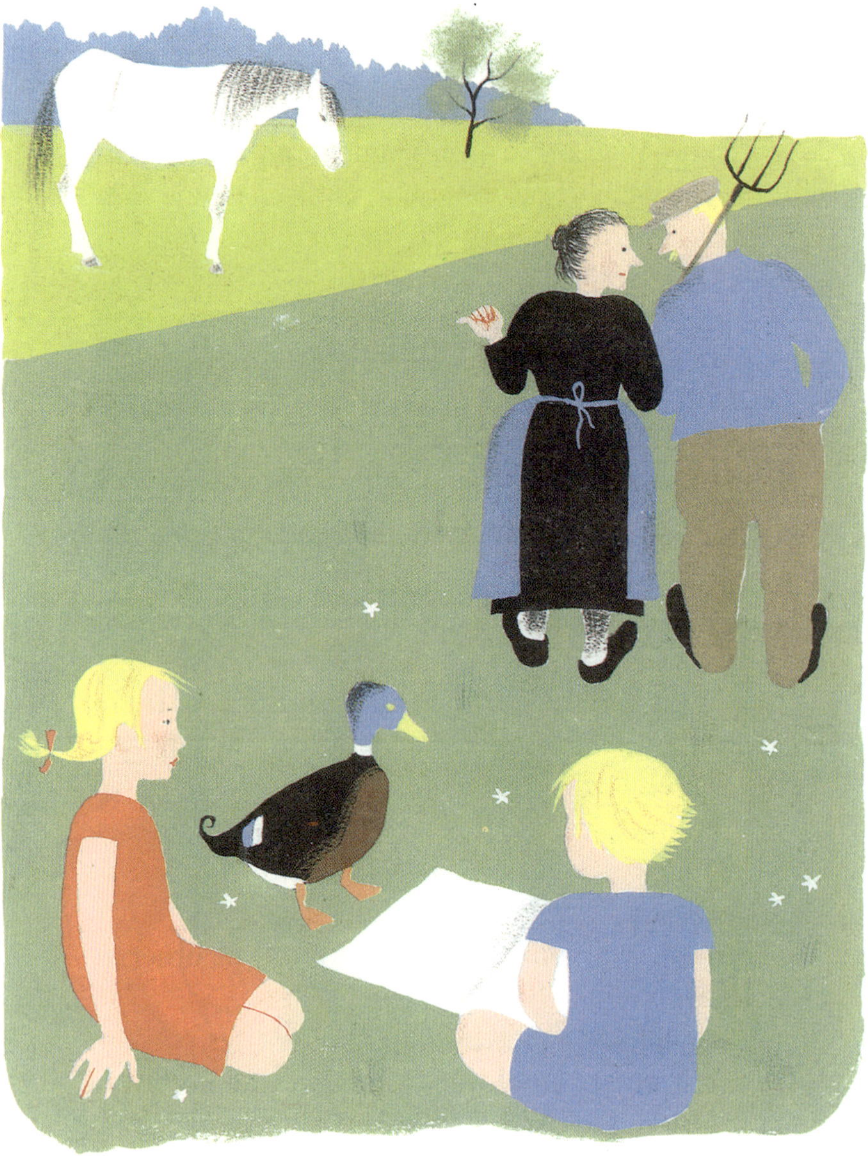

就在这时，小女孩们的爸爸妈妈来到草地上，正在和鸭子说话的马被吓了一跳。爸爸妈妈喊道：

"瞧瞧这匹老劣马，正在这儿显摆呢！我们把你牵到草地上来可不是让你来聊天的！"

"它才过来五分钟而已。"黛尔菲娜护着老马。

"又多了一个五分钟。"爸爸妈妈说，"最好用这五分钟去吃不用花钱的草，赶紧在这里吃饱，这样我们就不用从屋里拿草料了。这匹脏马总是摆着张臭脸。啊！今天早上为什么没有把它卖掉？假如可以重来的话……"

老马以它最快的速度跑掉了。它试着把蹄子抬得高高的，好让人觉得它仍然充满了活力，但是它的腿却不协调，好几次都差点儿摔倒了。幸亏爸爸妈妈没有看到。他们发现鸭子也在，心情立马好了起来。

"这只鸭子可真结实。"他们说，"很显然它没有挨过饿嘛。真的，它看起来真让人开心。它让我想起阿勒弗雷德叔叔星期天会来吃午饭……"

就这样，爸爸妈妈离开了草地，两人边走边悄悄商

量着什么。鸭子虽然不太明白爸爸妈妈刚刚说的话,但是感觉挺不是滋味。玛丽内特把它抱到膝上,对它说:

"鸭子,你刚才说到要去旅行……"

"是的,但我的想法似乎让你和黛尔菲娜不怎么高兴。"

"不,刚好相反!"黛尔菲娜喊道,"如果我是你,我甚至愿意明天早上就出发。"

"明天早上!但是哦……哦……"想到这么快就要离开,鸭子激动了起来。它扬起翅膀,跳到了玛丽内特的围裙上,手足无措。

"是的,"黛尔菲娜又说,"为什么要拖拖拉拉呢?计划要是做好了,就应该马上去实现。否则的话,你也知道,我们就一直嘴上说说,一连拖上好几个月,直到有一天,我们甚至连说都懒得说了。"

"是的,确实是这样。"鸭子说。

它下定决心要去旅行,在两个小女孩的陪伴下,它把那天剩下的时间全用来深入地学习地理。河流、小溪、城市、海洋、山脉、公路、铁路,它把这些都记在心上。

上床睡觉时，它头痛得很厉害，没办法睡着。直到入睡之前，它还在想：乌拉圭，首都在哪里？……天哪，我忘了乌拉圭的首都在哪儿了……幸好，凌晨后它就睡着了，还睡了个好觉。早上一起来，它精神抖擞。

农场里所有的动物都聚集在院子里为它送行。

"再见，鸭子，不要去太久啊！"鸡、猪、老马、母牛和羊说。

"再见，别忘了我！"公牛、猫、小牛犊、火鸡说。

"旅途愉快！"所有的动物一起喊道。

好些动物哭了，比如老马，它以为再也见不到它的朋友了。

鸭子头也不回地大步出发了。由于地球是圆的，三个月后，鸭子发现自己回到了当初出发的地方。但它不是独自回来的，陪它回来的是一只漂亮的黄皮黑花斑豹，它还有一双金色的眼睛。它们回来的时候，黛尔菲娜和玛丽内特刚好在院子里。起初看到这只野兽，她们非常害怕，但鸭子的出现立刻使她们放下心来。

"你们好，小家伙们！"鸭子叫道，"你们知道吗，

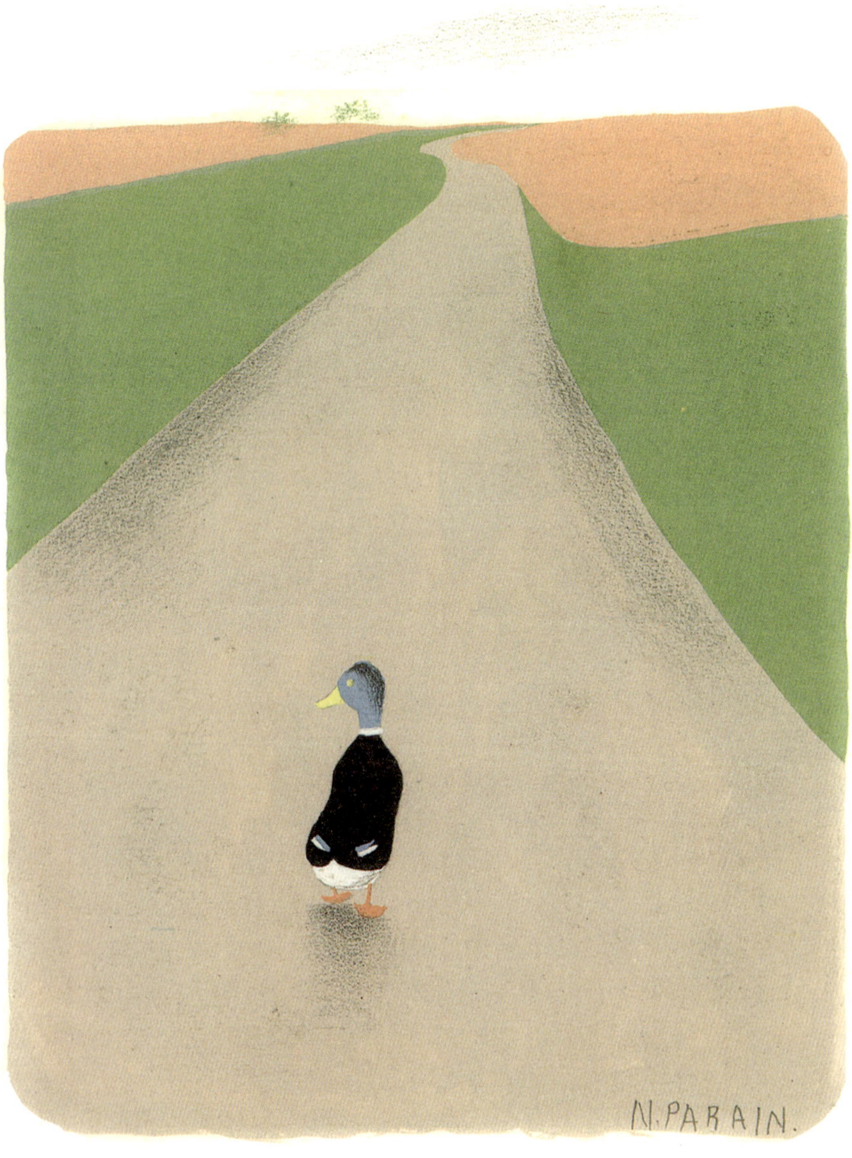
N. PARAIN.

我的旅途很愉快！我以后再跟你们细讲。你们看，我不是独自返程的。我和我的豹朋友一起回来了！"

豹子跟两个小姑娘打招呼，用温和的声音说：

"鸭子经常跟我提起你们，所以我好像已经认识你们了一样。"

"事情是这样的，"鸭子解释说，"一天晚上，在穿过印度群岛的时候，我发现自己面前有一只豹子。你们想象一下，它当时正想要吃了我……"

"确实是这样。"豹子叹了口气，低下了头。

"但是我并没有慌，估计许多鸭子碰到我这种情况都没办法这么冷静。我告诉它：'就凭你还想要吃我，你知道你的国家叫什么名字吗？'当然，它什么都不知道。于是我告诉了它，它住在印度，在西孟加拉邦。我告诉它河流、城市、山脉的名字，跟它讲其他国家的情况……它什么都想知道，所以整个晚上，我都在回答它的问题。到了第二天早上，我们俩已经成了朋友。从那以后，我们就形影不离了。我还非常严厉地教训过它。"

"我那个时候确实需要被教训，"豹子承认，"当我们不懂地理的时候,还能怎么办呢……"

"那我们的国家,您觉得它怎么样?"玛丽内特问。

"美丽怡人,"豹子说,"我相信我会喜欢上这里的。啊!自从鸭子告诉我有关你们和农场里的一切之后,我就迫不及待地想要到这里来……对了,我们善良的老马怎么样了?"

听到这个问题,两个小女孩开始抽泣了起来。黛尔菲娜边哭边说:

"爸爸妈妈甚至都没有等到九月的集市,他们决定今天中午就把它卖掉。明天早上,会有人来把它拉去屠宰……"

"真是的!"豹子咆哮道。

"玛丽内特想要保住马,我也是,但无济于事。他们批评了我们,还罚我们一个星期不能吃甜点。"

"太过分了!你们的爸爸妈妈现在人在哪里?"

"在厨房。"

"好!我得让他们瞧瞧……但是,孩子们,你们不用害怕啊。"

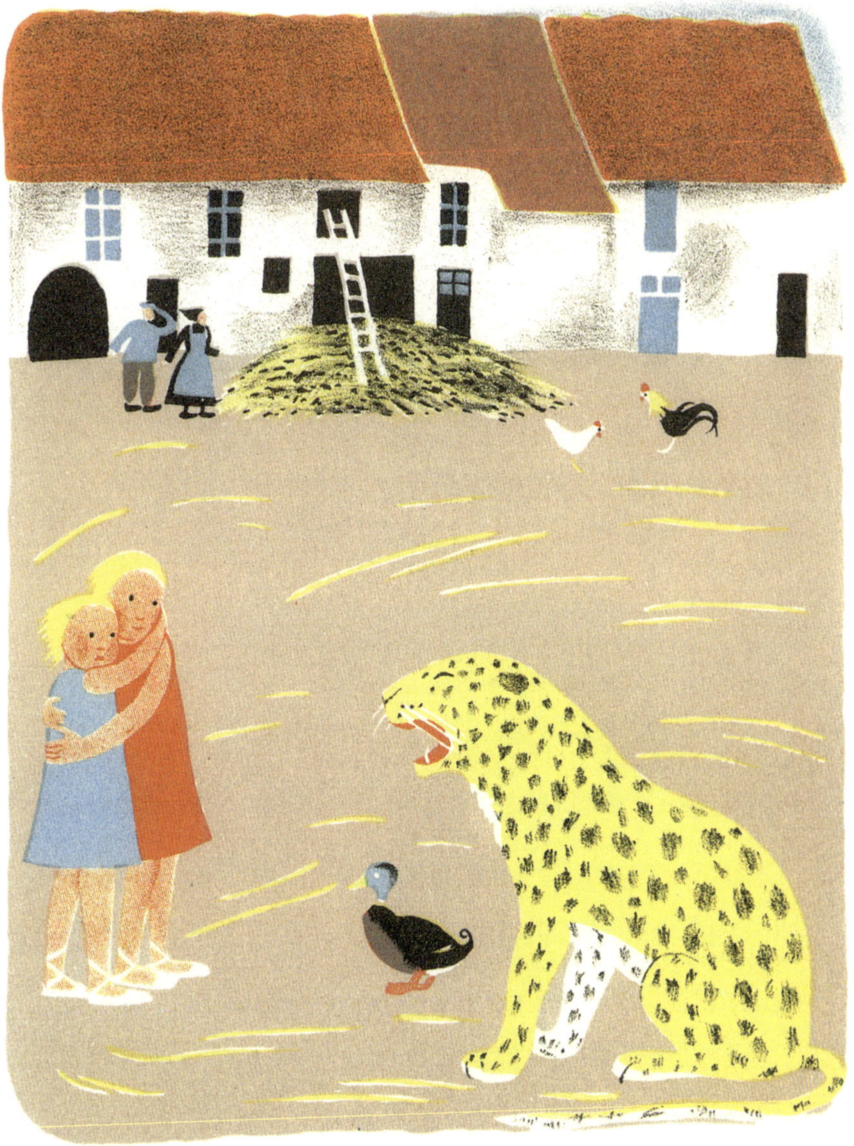

豹子伸长脖子，高昂着头，张开大嘴，发出一声可怕的吼声。鸭子感到很自豪，它看着小女孩们，忍不住昂首挺胸起来。爸爸妈妈急忙从厨房里冲了出来，他们还没来得及找到声音从哪里来，豹子就一跃穿过了院子，蹿到了他们眼前。

"如果你们敢动一下，"它说，"我就把你们撕成碎片。"

可想而知，爸爸妈妈是多么地心惊胆战。他们全身发抖，连头也不敢动。豹子金色的眼睛闪着凶猛的光芒，血盆大口里露出又大又尖的牙齿。

"你们知道我刚刚听说了什么吗？"它咆哮道，"你们打算把老马卖给屠宰场？你们不觉得羞愧吗？一匹可怜的牲畜，给你们干了一辈子！好了，到头来这就是它得到的回报！老实讲，我不知道为什么还没有把你们吃掉……至少，没人会说我忘恩负义，反正你们也没为我做过什么……"

爸爸妈妈吓得牙齿不停地打战，开始扪心自问贱卖这匹老马是不是太残忍了。

"还有两个小女孩,"豹子说,"我听说,你们罚她们一个星期不能吃甜点,就因为她们为马求了情。难道你们是铁石心肠吗?我警告你们,有我在这里,事情就要变一变,家里的规矩也要改一改。首先,我先免了对孩子们的惩罚。怎么?我看你们是在抱怨吧?你们是不是有点儿不高兴?"

"哦!没有没有……没有不高兴……"

"那最好不过了。当然,至于老马,自然就不能把它拉去屠宰了。我希望大家能悉心照顾它,让它在平静中度过最后的日子。"

豹子还谈到了农场里的其他动物,以及如何改善它们的生活。它说话的语气变得不那么严厉了,仿佛是想让大家忘掉它刚开始怒气冲冲留下的坏印象。爸爸妈妈稍微镇定了点儿,于是对它说:

"总之,您要在家里长住,这很好。但您有没有想过,如果我们每时每刻都要担心被吃掉,那会是什么样的生活?更不用说我们那些牲畜们,它们也将面临被吃掉的危险。您知道,不准主人屠宰猪或其他家畜,这主意不坏，但我们从来没有听说过豹子可以靠吃蔬菜活下来……"

"我理解你们的担忧。"豹子说，"毫无疑问，在我不懂地理的那个时候，凡是落在我爪子下的东西，不管是人是兽，对我来说都是好吃的食物。但是自从我遇见了鸭子，我的饮食就和猫一样了，鸭子可以做证。从此以后我只吃小鼠、大鼠、田鼠和其他有害的动物。哦！当然，说实话，我还是时不时会去森林里觅食。不过，我保证不打农场动物的主意。"

爸爸妈妈很快就习惯了豹子的存在。只要他们对小女孩们的惩罚不太过分，也不伤害动物，豹子总是对他们很友好。甚至在某个星期天，当阿勒弗雷德叔叔来家里时，爸爸妈妈烹调了白酱鸡，它也当作没看见。必须说明的是，这只鸡天生忘恩负义，它整天就会折磨和捉弄它的同伴。所以，它被吃掉了也并没有任何人感到惋惜。

除此之外，豹子也常为家里出力。比如，家里有它看着，大家就可以安心睡觉了。一天晚上，一只狼竟然敢跑到牲口棚边来转悠。狼把门拱开了一点点，一想到即将要到嘴的美味，不由地舔起了嘴巴。不过，它还没来得及弄明白发生了什么，就已经被豹子吃掉了，被吃得只剩下了两只前爪，一簇狼毛，还有一只耳朵尖儿。

对于跑腿买东西这件事，豹子也能发挥很大作用。当家里需要糖、胡椒粉、丁香的时候，只要让其中一个小女孩跳上豹子的背，它就会载着她一溜烟到杂货店。有时甚至只让豹子单独去就行了，杂货店老板要是故意少找了零钱，那对他自己可没什么好处。

自从豹子来到家里以后，生活就变了，没有人抱怨了。更不用说老马了，它从来没这么开心过，大家都觉得更幸福了。动物们太太平平地生活着，爸爸妈妈也改掉了大喊大叫的坏习惯。对于大家来说，劳动已经变成了一种乐趣。此外，豹子还很喜欢玩游戏，它随时都准备着玩一局跳山羊或捉猫的游戏。它不缺游戏伙伴，因为它不仅叫动物们一起玩，还邀请爸爸妈妈也参加。刚开始几次，爸爸妈妈边玩边抱怨。

他们说："我们都这把年龄了，还玩小孩的游戏，会被人家笑话的！如果被阿勒弗雷德叔叔看见了，他

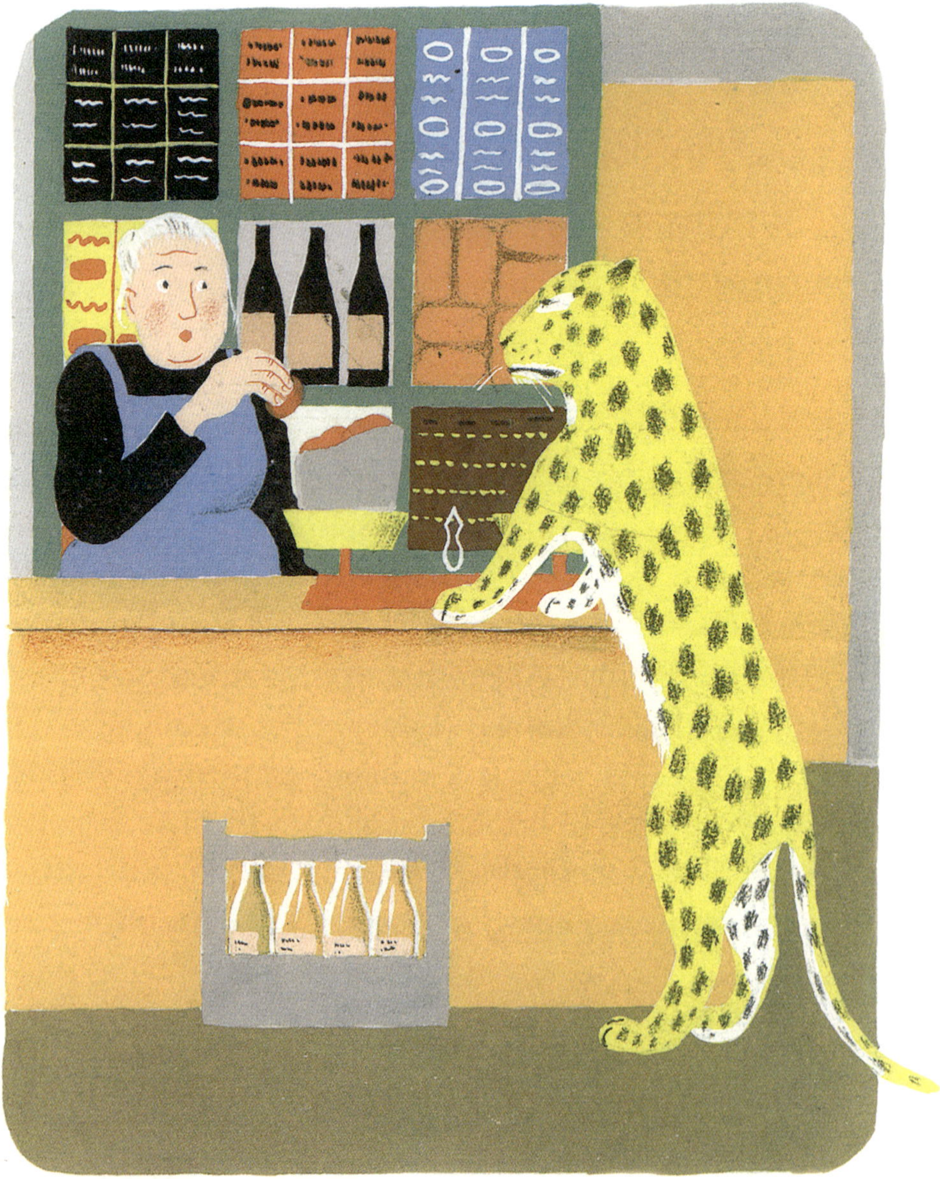

会怎么想？"

但是，不到三天他们就不再抱怨了，反而跟大家一起玩得兴高采烈。一有空，他们就在院子里喊："谁想玩装病人啊？"他们把木鞋脱下来，这样跑起来更加轻快。在他们追赶奶牛和猪，或者豹子的时候，在村口的房子那儿都能听到他们的哈哈大笑声。黛尔菲娜和玛丽内特几乎没有时间学习功课和做家庭作业了。

"来玩吧，"爸爸妈妈喊道，"等会儿再做作业吧！"

每天晚饭后，大家就在院子里玩起了游戏。爸爸妈妈、孩子们、豹子、鸭子，以及谷仓和牲口棚里所有的动物被分成了两队。在农场里，大家从来没有笑得这么开心过。马太老了，不能参加比赛，但是它很乐意在旁边看着大家玩。发生争执时，它就负责调解双方。有一次，猪指责爸爸妈妈作弊，但马出来证明猪是自己搞错了。这头猪并不坏，可天性易怒，它一输就很容易生气。因为它，发生了好几次非常激烈的争吵，这让豹子心里十分不快。但这种糟糕的时候还是比较少的，很快大家就会忘掉不愉快。只要稍微有点儿月光，游戏就会一直

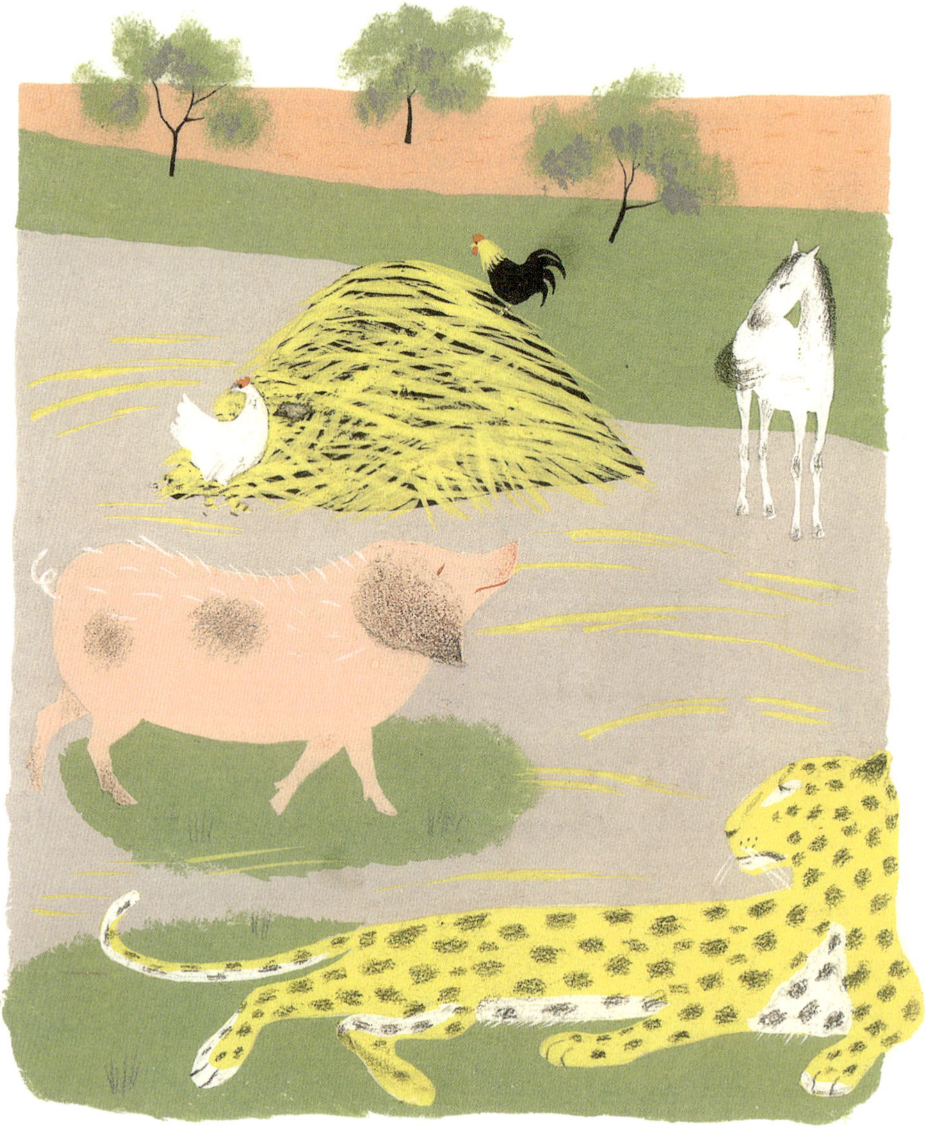

持续到深夜，没有人会急着要结束。

"喂，喂，"鸭子比其他动物还是要理智点儿，它说，"不能光顾着玩，咱们该睡觉啦……"

"再玩十五分钟。"爸爸妈妈央求道，"鸭子，咱们再玩十五分钟……"

还有些时候，他们会玩叠罗汉、抓小偷、捉迷藏以及玩鞋底的游戏。爸爸妈妈总是玩得最起劲的那两个。

吃饭的时候，大家也不觉得无聊。鸭子和豹子谈论着它们旅行期间的所见所闻，讲述着那些经过的国家是多么地神奇，大家百听不厌。

一天清晨，猪出去散步。它亲切地和院子里的老马打招呼，还对一只鸡微笑，但经过豹子身边的时候，什么话也没说就走了。豹子就这样看着猪离开，也没有跟它打招呼。原来，前一晚玩游戏的时候，它们发生了争吵。猪实在让人无法忍受，所有动物都被它惹恼了。一气之下，它宣布再也不想和豹子一起玩了，然后就回自己的猪圈去了。它还说："我喜欢玩游戏，但如果必须得忍受一个陌生的家伙任性胡来，那我还是更喜欢睡觉。"

就像每天早晨那样，豹子在接近八点的时候离开了农场，去森林里转了一圈，快十一点钟才回来。它似乎有点儿累了，步履沉重，眼皮一眨一眨的。一只白色的小母鸡问它怎么回事，豹子推脱说是因为自己在森林里跑了很长一段路。说完，它就去了厨房，趴在地上，沉沉地睡了过去，一直没有醒来。睡梦中它时不时地叹息一声，用舌头舔舔嘴唇。

中午爸爸妈妈从田里回来时，抱怨猪怎么还没有回来。

"这是它第一次发生这样的事，它可能忘记时间了。"

当被问到早上是否见过猪时，豹子摇摇头说没有，然后把头转开了。吃饭的时候，它也没有和大家说话。

一个下午过去了，猪还没有回来，爸爸妈妈非常担心。

到了晚上，猪仍然没有回来。大家都聚在院子里，不过这次不是为了玩游戏。爸爸妈妈开始怀疑地盯着豹子。它趴在地上，脑袋放在两个爪子之间，似乎对朋友们的担忧漠不关心。小女孩们，甚至是鸭子和老马，都觉得它的反应很奇怪。观察很久之后，爸爸妈妈说：

"你比平时胖了，肚子看上去很沉，好像你吃得太多了。"

"是的，"豹子回答，"这是因为今天早上我吃了两头野猪。"

"嗯！今天的猎物很多嘛。可是大白天的，野猪没有在森林周边溜达的习惯，得去森林深处找……"

"正是，"看着豹子回来的那只小白母鸡说，"它在森林里走了很远。它今天早上回来的时候还跟我说了这件事。"

"不可能！"一只小牛犊喊道，它说话还有点儿不知轻重，"不可能，因为那个时候，我正在草地上，上午十点左右，我还看见它从河边经过。"

"噢，噢……"爸爸妈妈说。

大家都在注视着豹子，焦急地等待着它的回答。刚开始，它仍然不说话，最后才宣布：

"小牛犊弄错了，就是这样。我并不感到惊讶。它才三周大而已，这么小的牛犊看东西还不太清楚。你们问这么多，究竟想干什么？"

"你昨晚和猪吵了一架，为了报仇，你有可能在某个角落里把它吃掉了！"

"但是和它吵架的不止我一个啊。"豹子反驳说，"如果它被吃掉了，那为什么不是被你们，被爸爸妈妈吃掉了呢？听你们那么说，好像你们从来没吃过猪肉似的！自从我来到这里，有谁见过我欺负或威胁农场的动物吗？如果没有我，会有多少家畜进了这口锅？会有多少动物被卖给了屠宰场？更不用说起那只狼和那两只狐狸。如果没有我，它们真的会血洗牲口棚和鸡舍……"

动物们充满了信任和感激，窃窃私语起来。

"确实，猪已经丢了，"爸爸妈妈嘟囔着，"希望在其他动物身上不要再发生这样的事情。"

"大家听我说，"鸭子说，"没有理由认定猪是被吃掉的。也许它只是去旅行了，怎么不可能呢？我不就是这样吗？某天清晨，我也没有通知你们就离开了农场。你们看，现在我不是好好的在这儿嘛。我们等等吧，我相信它会回到我们身边的……"

但是猪再也没有回来，谁也不知道它出了什么事。它去旅行这件事似乎不大可能。它没什么想象力，不愿意去冒险，宁愿过着有规律的安稳日子。何况，它对地理一窍不通，也从来不感兴趣。至于要不要相信是豹子吃了它，那就是另外一回事了。一只三周大的小牛犊的证词，还是太单薄了点儿。再说，也有可能是飞行营地的人把猪带走宰了吃掉了。这种事以前也发生过。

不管怎样，虽然大家不时会想起这次不幸的意外，但农场的生活还是恢复到了以前那样。爸爸妈妈很快就忘了这件事，大家又重新开始玩游戏了。不得不说，自从猪不在了，大家确实玩得更尽兴了。

黛尔菲娜和玛丽内特从来没有像今年这样，度过了一个如此美妙的假期。她们骑在豹子背上，穿过森林和平原，一直到了很远的地方。她们几乎总是带着鸭子，让它跨在豹子的脖子上。在两个月的时间里，小女孩们对方圆三十公里的角角落落都有了深入的了解。豹子奔跑起来像风一样，再崎岖的路也阻挡不了它飞奔的步伐。

假期过后，有几天天气还不错，但没过多久就下雨了。到了十一月，雨冷飕飕的，狂风吹落了最后几片枯叶。豹子没有原来那么精力充沛了，看上去有点儿迟钝。它不愿意出门，要请求它，它才肯到院子里去玩。每天早上，它还是会去森林里捕猎，但已经没多大兴致了。其余的时间，它几乎不离开厨房，就待在火炉旁，鸭子总是来和它一起待上几个小时。豹子抱怨着这个季节：

"这平原，这森林，这一切，多凄凉啊！在我的国家，下雨的时候，我们会看到树木和树叶在生长，一切都会变得更绿。但是在这里，雨是冷的，一切都是凄凉的，到处都是阴沉沉的。"

"你会习惯的。"鸭子说，"更何况，雨也不会永远下下去。很快就要下雪了……你就不会再说平原是阴沉的了……雪像白色的羽绒，像鸭绒一样薄，会覆盖一切。"

"我倒想看看。"豹子叹了口气。

每天早晨，它都走到窗前去看看外面的乡村。但是今年的冬天显然还要一直下着雨，外面仍然是一片阴沉。

"这么说，雪永远不会下了吗？"它问小姑娘们。

"不用等太久就会来的，天气随时都可能变化。"

黛尔菲娜和玛丽内特焦虑地望着天空。自从豹子萎靡不振地待在火炉旁边后，整幢房子都变得很冷清。没有人想玩游戏了，爸爸妈妈又开始责骂起来，常常悄声地密谋着，不怀好意地看着那些动物。

一天早上，豹子醒来时，感觉比平时更怕冷了。它像往常那样走到窗前，窗外白茫茫一片，院子里、花园中、一望无际的平原上，大片的雪花正在飘落。豹子高兴地叫了起来，赶紧跑到院子里。它的爪子陷进柔软的雪里，悄无声息，像绒毛一样的雪花落在它的皮毛上，它几乎感觉不到。它觉得似乎又找回了夏日早晨的阳光，同时又恢复了往日的活力。它开始在草地上奔跑，又舞又跳，用两只爪子玩起了雪球。有时它会停下来，在雪地里打个滚，然后再全速前进。就这样跑跑玩玩两个小时之后，它停下来喘口气，开始打起了寒战。它不安地四处寻找小女孩家的房子，发现自己和房子已经离得很远了。雪停了，天空开始刮起了凛冽的寒风。豹子想在

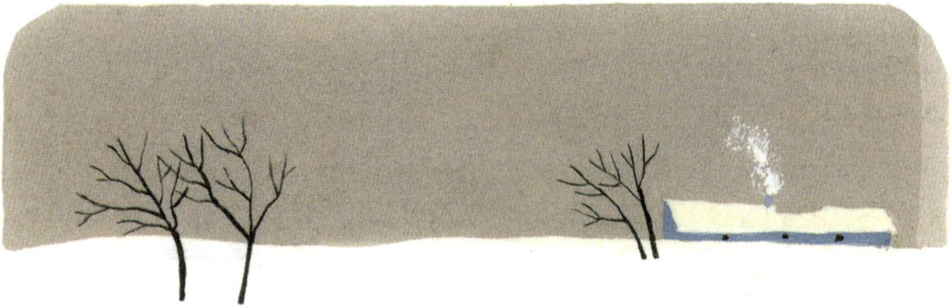

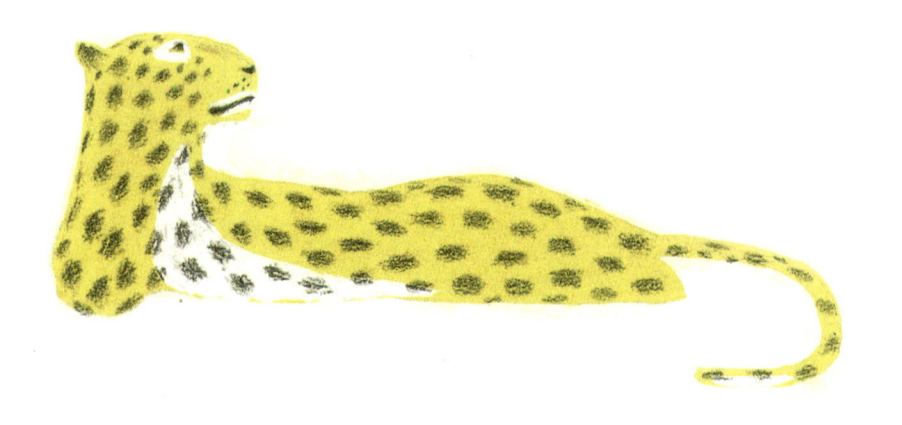

回去之前先休息一会儿,就趴在了雪地里。它从来没有睡过这么柔软的床,但是当它想站起来的时候,它的腿麻了,身体在颤抖。房子似乎离它太远了,平原上寒风刺骨,它没有勇气再跑了。

中午,小女孩们看到豹子没回来,就带着鸭子和老马去找它。有些地方,雪地上爪子的痕迹已经消失了,所以直到下午三四点他们才找到它。豹子在发抖,它的四肢已经僵硬了。

"我浑身发冷。"它看到朋友们走过来,不禁轻声说道。

老马试图用哈气来让它暖和起来,但是已经太迟了,做什么都来不及了。它舔了舔小女孩们的手,发出了一声比猫叫还轻的喵喵声。鸭子听见它低声说:

"猪……猪……"豹子从此闭上了它金色的眼睛。

狼

狼躲在篱笆后面，耐心地观察着房子周围的情况，直到它终于如愿看到爸爸妈妈从厨房里走了出来。爸爸妈妈站在门口，最后叮嘱两个小女孩：

"记住，"他们说，"不要给任何人开门，不管是别人求你们还是威胁你们，都不行。我们晚上回来。"

狼远远地看着爸爸妈妈拐过马路，绕过一个弯走远了，它便靠着一条腿一瘸一拐，绕着房子转了一圈，但所有的门都紧闭着。至于猪和牛，可没什么好指望的。这类动物不够聪明，要让它们乖乖地把自己送上门来被吃掉，光靠嘴去说服它们是行不通的。于是，狼在厨房窗前停了下来，爪子搭在窗台上，眼睛盯着屋里。

黛尔菲娜和玛丽内特在火炉前玩"抓子儿"游戏。妹妹玛丽内特长着一头金黄金黄的头发，她对姐姐黛尔菲娜说：

"我们只有两个人，真不好玩。不能手牵着手跳环舞。"

"就是啊,跳不成环舞,甚至连打手背的游戏都玩不了。"

"既不能玩传环游戏,也不能玩装病人游戏。"

"既不能玩新娘游戏,也不能玩消失的球的游戏。"

"但是,还有什么比跳环舞或打手背更好玩的呢?"

"唉!要是我们有三个人就好了……"

因为小女孩们背对着狼,所以狼用鼻子探了探窗户玻璃,想让她们知道它在那儿。她们把玩游戏用的"子儿"放了下来,手拉着手走到窗前。

"你们好。"狼说,"外面不暖和,你们知道,可真够冷的。"

金发妹妹玛丽内特笑了起来,因为她觉得它长着一对尖尖的耳朵,头上还顶着一簇又尖又长的毛,实在很滑稽。但是黛尔菲娜一眼就认出来它是狼,她抓着妹妹的手,低声说:

"是狼。"

"狼?"玛丽内特说,"所以我们要害怕吗?"

"我们当然要害怕啦。"

小女孩们吓得浑身发抖,紧紧搂住对方的脖子,俩人交头接耳起来。狼不得不承认,自己跑过那么多森林和平原,还从没见过这么漂亮的人。它觉得自己被深深地感动了。

"我这是怎么了?"它想,"我怎么四肢在发抖啊?"

它仔细想了想,明白自己突然变好了,变得那么善良,那么温柔,再也不会吃孩子了。

狼把头往左边一歪,一脸慈容,然后用它最温柔的声音说:

"我好冷,还有一只脚很疼。你们要知道,我是一匹善良的狼。如果你们愿意给我开门,我就进来到火炉旁取取暖,我们可以一起度过下午的时光。"

小家伙们互相看着对方,有点儿吃惊。她们从来没有想到狼会有这样甜美的声音。金发妹妹已经放下心来,招招手,表示友善;但是黛尔菲娜并没有那么容易失去理智,她立刻警觉起来。

"您走吧,"她说,"您是狼。"

"您要理解，"玛丽内特微笑着补充道，"不是要打发您走，只是我们的爸爸妈妈不让我们开门，不管别人求我们还是威胁我们，都不能开门。"

狼长长地叹了一口气，它的尖耳朵耷拉在脑袋两边，可以看得出来它很伤心。

"你们知道，"它说，"人们讲了很多关于狼的故事，但是不能全信呀。实际上，我一点儿也不坏。"

它又深深地叹了口气，泪水涌上了玛丽内特的眼眶。

小姑娘们看见狼在外面受冻，心里已经很难受了，何况它的一只脚还很痛。金发妹妹凑在姐姐耳边悄悄说了几句话，对狼眨了眨眼睛，让它明白，自己是站在它那一边的。黛尔菲娜仍然在考虑，因为她不能轻率地做出任何决定。

"它看起来是那么地温柔，"她说，"但我不相信。想想《狼与羊》……小羊可跟它无冤无仇啊。"

正当狼想要表明自己是好心时，黛尔菲娜毫不客气地问：

"所以小羊呢？……对，您吃掉的小羊呢？"

狼并没有局促不安。

"我吃掉的羊,"它说,"哪一只啊?"

它的语气非常平静,就像在讲一件非常普通自然的事情,那无辜的神态和口吻真让人脊背发凉。

"什么?您还吃了好几只!"黛尔菲娜喊道,"好吧!这下可好了!"

"当然啊,我是吃了好几只。我看不出来这有什么罪恶的地方……你们不也吃了挺多的吗?你们俩!"

她们两个竟然无力反驳,就在刚刚午饭时她们还吃了羊腿。

"是吧,"狼说,"你们看我并不坏。给我开门吧,我们围坐在火炉旁,我给你们讲故事。我天天在森林里逛,在平原上跑,你们想想啊,我可知道好多好多故事。要是我告诉你们那天在悬崖边上的三只兔子发生了什么事,你们准会哈哈大笑。"

小女孩们低声争论着,金发妹妹认为应该要马上打开门,让狼进来,不能让它在寒风里站着,拖着一条生病的腿在那儿瑟瑟发抖。但是黛尔菲娜仍然犹豫不决。

"算啦,"玛丽内特说,"你不要再为它吃了小羊而责备它了。不管怎么样,它不能让自己活活饿死吧!"

"那它只吃土豆也可以啊。"黛尔菲娜反驳道。

玛丽内特变得非常急切,她含着眼泪真诚地为狼辩护,最后她的姐姐被感动了,终于朝门口走过去。突然她大笑了起来,又改变了主意。她耸了耸肩,对沮丧的玛丽内特说:

"不,还是不行,那样太蠢了!"

黛尔菲娜直视着狼。

"嘿,狼,我刚刚还忘了小红帽那回事呢。要不我们来聊聊小红帽,好吗?"

狼顿时谦恭地低下了头,它没想到会这样。她们听见它在窗玻璃后面抽泣。

"是的,"它承认,"我吃了,我吃了小红帽。但我向你们保证,我已经非常后悔了。如果可以重新开始……"

"是的是的,这种话谁都会说。"

狼拍着自己的胸脯,用它那优美而深沉的声音说:

"我发誓,如果可以重新开始,我宁愿饿死。"

"不管怎么样，"金发妹妹叹了口气说，"您吃了小红帽。"

"我一开始没打算跟你们说这件事。"狼承认道，"我吃了，这是事实。但那是我年轻时犯下的罪过，是很久以前的事了，对吧？对于过失，我们要以慈悲为怀嘛……并且你们知道吗，我因为吃了小红帽，生出了多少烦恼！啊！人们甚至说，我先吃了外婆。那不是真的，绝对不是……"

说到这里，狼不由自主地窃笑起来，而且很可能它自己都没有意识到。

"我就问问你们！有一个鲜嫩的小姑娘在等着当我的午餐，我放着她不吃，去吃她的外婆！我可没那么傻……"

一想起那顿美餐，狼就忍不住伸出大舌头在嘴唇上舔了好几次，它发现自己那又长又尖的牙齿使两个小家伙不安起来。

"狼，"黛尔菲娜喊道，"您是个骗子！如果您真有自己说的那么后悔的话，您就不会那样舔嘴巴了！"

一想到自己嘴里那个胖乎乎的、嫩得快要融化的孩子，狼就忍不住舔舔自己的嘴巴，对此它觉得很难为情。但是它同时又感觉自己很善良，很诚实，所以它不想怀疑自己。

"请原谅我，"它说，"这是我从家人那里继承过来的一种坏习惯，但这并不说明……"

"如果您这么没有教养，那真是罪有应得。"黛尔菲娜说。

"您别这么说，"狼叹息道，"我太后悔了。"

"难道吃小女孩也是一种家庭习惯吗？您要知道，您发誓再也不吃孩子，就好像玛丽内特发誓再也不吃甜点一样。"

玛丽内特羞红了脸。狼试图辩解：

"但既然我跟你们发了誓……"

"别再说了，您快走吧。您可以跑跑步让身子暖和起来。"

于是狼生气了，因为小姑娘们不愿意相信它是善良的。

"这太过分了，"它叫道，"人类永远也不想听实话！

这样一来就没人想变得诚实了。我认为，人们没有权力像你们这样去打击别人的善意。可以这么说，如果我再吃孩子，那就是你们的错。"

孩子们听它说完，想到自己身上竟然背负了那么大的责任，而且以后可能要为这件事感到后悔，都忧心忡忡起来。可是狼的耳朵竖得尖尖的，它的眼睛闪耀着那么凶狠的光芒，张大的嘴中露出锋利的尖牙，吓得两个小女孩一动也不敢动。

狼顿时明白，这些恐吓的话说出来对自己没有任何好处，于是求孩子们原谅自己刚刚的一时冲动。当它说话的时候，目光当中流露着温柔，耳朵也顺从地耷了下来，鼻子紧贴在窗户上，显得没那么尖了，而是像牛嘴巴那样温顺。

"你看它并不坏。"金发小女孩说。

"也许吧，"黛尔菲娜答道，"也许吧。"

当狼开始哀求的时候，玛丽内特实在于心不忍，准备向门口走去开门。黛尔菲娜吓坏了，拽住妹妹的一绺头发把她往后拉。姐妹俩你一巴掌我一巴掌地打了起来。狼在玻璃后坐立不安,非常痛心。它说它宁可离开,也不愿让它所见过的两个最漂亮的金发女孩因为自己争吵。果然,它离开了窗边,大声地哭着走远了。

"多么不幸啊,"它想,"我这么善良,这么温柔……可她们不接受我的友情。我本可以变得更善良的,我本来再也不会吃小羊了。"

就在这时,黛尔菲娜看着狼靠着三条腿走远,被寒冷和悲伤笼罩着,浑身都冻僵了,突然感觉很后悔,开始同情起了狼,于是她对着窗户喊道:

"狼!我们不害怕了……快来取暖吧!"

而金发妹妹已经迫不及待地去打开了门,跑去迎接狼。

"天哪!"狼叹了口气说,"坐在火边多美好啊!没有什么比家庭生活更美好的了,我一直这么认为。"

它的眼睛里充满了温情,注视着羞怯地站在一边的小女孩们。它舔了一会儿疼痛的爪子,把肚子和背靠在火炉旁烤了烤,然后开始讲起了故事。小女孩们靠过来听狐狸、松鼠、鼹鼠和三只兔子在悬崖边历险的故事。故事那么有趣,小女孩们一再央求狼连续跟她们讲了好几遍。

玛丽内特搂着朋友的脖子，拉着它尖尖的耳朵玩了起来，顺着它身上的毛摸过来又倒着摸过去。黛尔菲娜则过了一会儿才跟狼熟络起来。玩游戏时，她第一次大胆地把小手塞进狼的嘴里，不禁说：

"啊！您的牙齿好大啊……"

狼显得很不好意思，于是玛丽内特把它的头抱在自己的怀里。

狼还是很有分寸，虽然肚子饿得咕咕叫，可它却只字未提。

"我竟然可以变得这么善良，"它高兴地想，"简直令人难以置信。"

在它讲了许多故事之后，小女孩们主动提出要和它一起玩游戏。

"玩游戏？"狼说，"可是我什么游戏也不会呀。"

不一会儿，它就学会了叠罗汉、环舞、打手背和装病人这些游戏。它用相当美妙的低音吟唱着《格莱希兄弟》和《小心塔防》里的几段歌曲。厨房里一片嘈杂声，他们推推搡搡，大声喊叫，放声大笑，连椅子都被踢翻在地。三个朋友以"你"相称，相互之间无拘无束，亲热得就像老朋友似的。

"狼，轮到你来数数了！"

"不是，是你！你动了，她动了……"

"狼要受罚！"

狼从来都没这么开心地笑过，它笑得下巴都要掉下来了。

它说："我从来没想过玩游戏能这么有趣。可惜我们不能每天都这样玩！"

"可是，狼呀，"小女孩们回答，"你可以再来。我们的爸爸妈妈每周四下午都不在家。你可以在那儿守着，等看到他们走了，然后就像刚刚那样来敲窗户。"

最后，她们玩了骑马的游戏。这个游戏真好玩！狼扮成马，金发妹妹跨在它的背上，黛尔菲娜拉着它的尾巴，飞快地穿过椅子。狼伸出舌头，因为跑得喘不过气来，嘴巴张得很大，笑得肋骨都突出来了。有时它不得不停下来喘口气再继续玩。

"停一下！"它断断续续地说，"让我笑一会儿……我受不了了……哎呀！不行，再让我笑一会儿！"

于是，玛丽内特下了马，黛尔菲娜松开了狼的尾巴，她们坐在地上，一起笑得喘不过气来。

傍晚时分，狼到了该走的时候了，快乐也跟着结束了。小姑娘们有点儿想哭，金发妹妹恳求道：

"狼，和我们待在一起吧，我们继续玩。我们的爸爸妈妈不会反对的，不信你就……"

"哦，不！"狼说，"爸爸妈妈他们太理智了，他们永远不会明白狼也可以变得善良。对天下的爸爸妈妈，我了解得很。"

"是的，"黛尔菲娜赞同狼的看法，"最好不要逗留，我怕你会出什么事。"

三个朋友相约在接下来的星期四见面，相互许下了一大堆诺言，难舍难分。最后，金发妹妹把一条蓝色的带子围在狼的脖子上，狼跑到了田野那边，消失在森林里。

尽管它的爪子仍然很痛，但是想到下个星期四还可以回到这两个小女孩身边，它就哼起了小曲，完全不顾那些在最高的树枝上打盹的乌鸦们会多么生气：

*"格莱希兄弟，
会让你一命呜呼。"*

一回到家，爸爸妈妈就在厨房门口那儿闻了闻。
"这里好像有狼的味道。"他们说。
小女孩们只能说谎了，而且还要装出一副很惊讶的样子。当孩子们瞒着自己的父母，在家里接待了狼，事后父母问起来，不得不这样做。
"你们怎么会闻到狼的味道？"黛尔菲娜抗议道，"如果狼进了厨房，我们都会被吃掉的。"
"也对哦，"父亲说，"我还没有想到这一点。狼要是进来，一准会把你们吃掉。"
但是金发妹妹还不知道怎么连续撒两个谎，听到爸爸妈妈竟然说了那么多关于狼的坏话，她一下子气昏了头。
"这不是真的，"她跺着脚说，"狼不吃孩子，它也根本不坏。证据就是……"

幸亏黛尔菲娜踢了踢她的腿,否则她会把下午的事情和盘托出。

于是,爸爸妈妈就狼的贪婪本性开始大发议论。妈妈想借此机会再讲一遍小红帽的故事,可是,她刚一开口,玛丽内特就打断了她。

"妈妈,你知道吗,事情完全不像你想的那样,狼根本就没有吃外婆。你可以想象一下,如果先吃了外婆,它哪还有胃口吃鲜嫩的小女孩?"

"而且,"黛尔菲娜插嘴说,"我们也不能这样一直责怪狼……"

"这是好早以前的事了……"

"年轻时犯下的罪过……"

"对于过失,要以慈悲为怀。"

"狼不再是以前那样子了。"

"我们没有权力去打击别人的善意。"

爸爸妈妈简直不敢相信自己的耳朵。

爸爸实在听不下去了,打断了这些令人气愤的辩护,把女儿们从这些荒唐的想象中拉回现实。然后，他又用自己精心挑选的一些例子来证明，狼永远是狼，改变不了它残忍贪婪的本性。如果它看上去变成了一只温文尔雅的动物，那可能会更加危险。

爸爸说话的时候，小女孩们想起了今天下午她们玩的骑马以及打手背的游戏，还有那匹狼那么开心、张着嘴笑得喘不过气来的样子。

"我们看得出来，"爸爸总结道，"你们从来没有和狼打过交道……"

听到这句话的时候，金发妹妹用胳膊肘推了推她的姐姐，两个小家伙在爸爸的胡子底下哈哈大笑起来。为了惩罚她们这种无礼的行为，爸爸妈妈不准她们吃晚饭，让她们直接去睡觉。但是，她们钻进被窝好一会儿之后，还在窃笑爸爸妈妈居然就这样被瞒了过去。

接下来的几天里，她们迫不及待地想要再见到狼，为了平缓这种情绪，她们故意想出了一个狼的游戏，但是这样难免惹恼了妈妈。金发妹妹用两个音符重复地唱这几句歌词："趁狼不在，咱们沿着林子周围去走走吧。

狼,你在吗?你能听到我的声音吗?你在干什么?"

躲在餐桌下的黛尔菲娜回答:"我在穿衬衫。"随着玛丽内特不断提问,"狼"就从穿袜子一直唱到佩马刀,一样一样穿上戴好,最后,"狼"向玛丽内特扑去,一口把她吞掉。

这个游戏的乐趣在于不能预测到狼会什么时候跳出来,因为狼并不是全部准备好了才会出森林。有时,它会在穿衬衫的时候扑向受害者,有时,甚至会在只戴着一顶帽子的时候就扑过来。

爸爸妈妈觉得这个游戏一点儿也不好玩。老是听这几句,他们听得很恼火,第三天就不准她们唱了,借口是这首歌实在是太震耳朵了。而小家伙们也不想再玩别的游戏了,直到她们与狼见面之前,屋子里都死气沉沉的。

到了约定的星期四,狼花了一上午的时间来洗它的口鼻,让自己的毛焕发光泽,并把脖子上的毛吹蓬松。它打扮得太漂亮了,森林里的居民从它身边经过,刚开始都没有认出它来。当狼经过平原时,正好有两只乌鸦在这里晒太阳——这是它们每天吃饱午饭后的固定活动。乌鸦看见狼走过来，便问它今天为什么会这么英俊。

狼骄傲地说："我要去见我的朋友们。我们约好了午后见面。"

"她们肯定很漂亮吧，所以你才打扮得这么精心。"

"那还用说！在这整个平原上，你们找不出谁还会有像她们那样的金发。"

乌鸦们都沉浸在羡慕当中，但是，一只老喜鹊听了它们的对话，不禁冷笑起来。

"狼，我不认识你的朋友们，但我相信你之所以选择她们当朋友，一定是因为她们肥硕、鲜嫩……要不就是我大错特错了。"

"闭嘴，你这个长舌妇！"狼气鼓鼓地叫道，"难怪人家都说喜鹊爱嚼舌根，好在我问心无愧！"

一到家，狼已经不需要敲窗户了，两个小女孩正在门口等它。大家一起拥抱了很久，甚至比上次更动情，因为一周的分离之后，他们是那么迫不及待地想要见到对方。

"啊！狼啊，"金发妹妹说，"这星期我们家里的

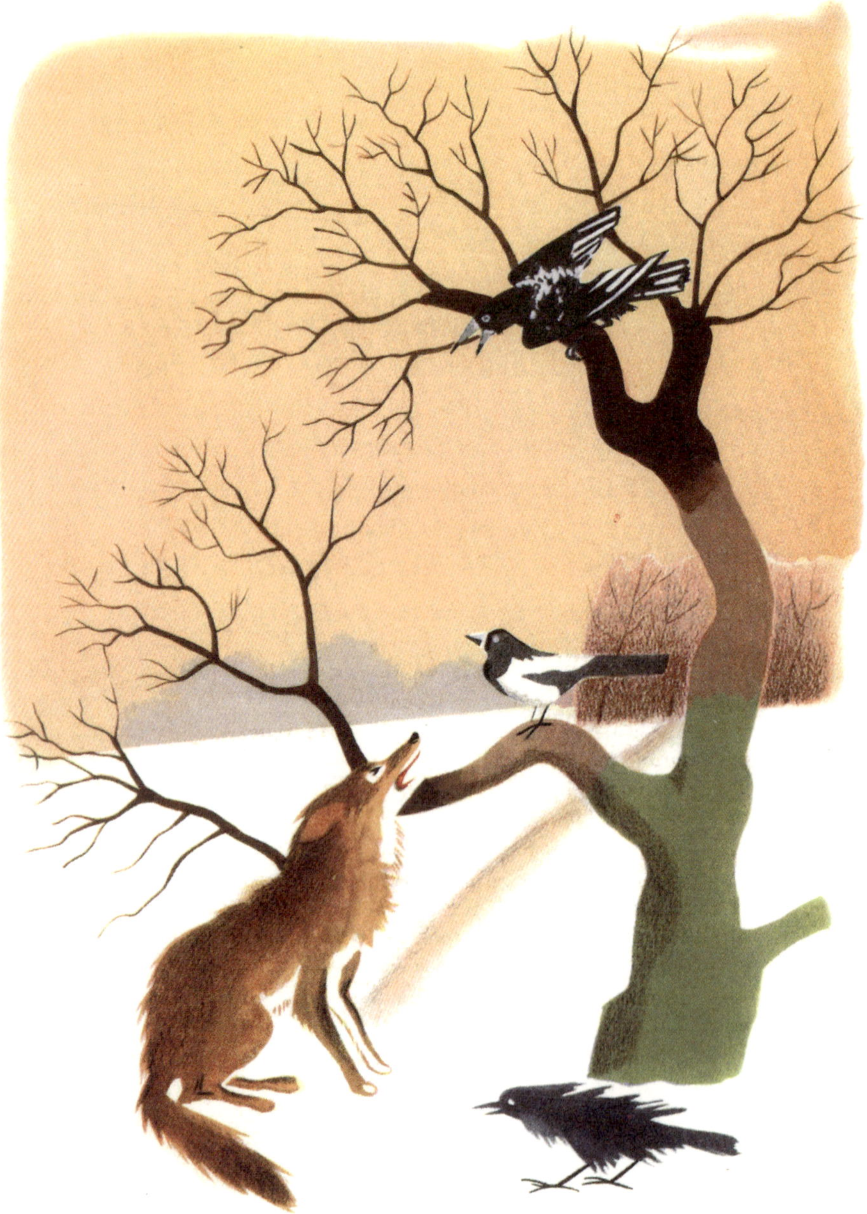

气氛很沉闷。我们俩整天都在聊你。"

"狼，你知道，你说的是对的：我们的爸爸妈妈不愿相信你能成为好人。"

"我一点儿也不惊讶。如果我告诉你，刚刚一只老喜鹊……"

"可是，狼，我们都极力为你辩护，搞得爸爸妈妈甚至没让我们吃晚饭就打发我们上床睡觉了。"

"星期天的时候，他们还不准我们玩狼的游戏。"

三个朋友之间有太多的话要说，他们在火炉旁坐了下来说个不停，一时还没想到要玩游戏，狼已经晕头转向了。孩子们想要知道它这一周所做的每一件事，她们问它是否感冒了，它的爪子是否痊愈了，它有没有见过狐狸、山鹬和野猪。

"狼，"玛丽内特说，"等春天来的时候，你带我们到森林里去玩吧，去很远的地方，去有各种各样动物的地方。有你在，我们就不会害怕了。"

"我的小可爱们，春天的森林里没有什么可害怕的。从现在起，我会大力劝说森林里的伙伴们，让脾气最坏的动物都变得像女孩子一样温柔。噢，就在前天，我遇到了那只狐狸，不久前它偷吃了一整笼的鸡。我告诉它不能再这样下去了，必须要换一种活法。啊！我狠狠地教训了它一番！你们知道，本来一向狡猾的狐狸是怎么回答我的吗？它说：'狼，我决定要以你为榜样。回头我再找你谈谈，等我完全了解你做了哪些善事，我一定马上改邪归正。'你们看，就算是那么狡猾的狐狸，都这样回答我。"

"你真善良。"黛尔菲娜轻声说。

"哦！是的，我很善良，毫无疑问。但是，你们也知道，你们的爸爸妈妈永远也不会相信这个事实。一想到这个我就很难受。"

为了转移注意力，玛丽内特提议玩一场骑马的游戏。狼比上一个星期四玩得更投入。骑马的游戏结束以后，黛尔菲娜问道：

"狼，我们玩狼的游戏怎么样？"

对狼来说这是个新游戏，孩子们得先向它解释规则，当然，它被指定成了狼。当它藏在桌子底下的时候，孩

子们绕着桌子转圈,唱着那几句歌词:

"趁狼不在,咱们沿着林子周围去走走吧。狼,你在吗?你能听到我的声音吗?你在干什么?"

狼笑弯了腰,它的声音被笑声呛住了。

"我在穿裤子。"

狼一边笑一边说它在穿裤子,然后穿背带、领子、背心。当它穿靴子的时候,它开始变得严肃起来。

"我在系腰带呢。"狼说着,笑了一下。它感到很不舒服,一种痛苦攥住了它的喉咙,爪子不停地挠着厨房的瓷砖。

两个小女孩的腿一遍又一遍地从它明亮的眼睛面前走过。它的脊背打了个寒战,嘴巴瘪了起来。

"狼,你在吗?你能听到我的声音吗?你在干什么?"

"我在拿我的大刀!"它声音嘶哑了,脑子里一团乱麻。它已经看不到小女孩的腿了,只觉得腿的味道越来越浓烈,它凑近去闻。

"狼,你在吗?你能听到我的声音吗?你在干什么?"

"我骑着马,我要从森林里出来了!"

狼发出一声嗥叫，从它躲藏的地方跳出来，张着大嘴，爪子伸在外面。孩子们还没有来得及害怕，就已经被吃掉了。

幸亏狼还不知道怎么打开门，它仍然被关在厨房里。爸爸妈妈回家后，只需要剖开它的肚子就可以把两个小家伙救出来了。但是，说到底，这不是游戏。

黛尔菲娜和玛丽内特有点儿埋怨狼，因为它竟然就这样吃掉了她们，也不多考虑一下。但是想到和它曾经玩得那么开心，还是请求爸爸妈妈放它一马。他们用一块油脂将两米长的粗绳擦光滑，然后拿起一根缝被子的大眼粗针，把狼的肚子缝得结结实实的。看到狼疼痛难忍的样子，小姑娘们忍不住哭了起来，但是狼忍住眼泪说：

"这是我应得的。你们还这么同情我，实在太善良了。我向你们发誓，以后我不会再这么贪吃了。不管怎么样，只要我再看到孩子，我一定赶紧跑掉。"

大家相信狼遵守了它的诺言。不管怎么说，自从它跟黛尔菲娜和玛丽内特经历了那次事情之后，还没有听说它吃过任何一个小女孩。

鹿与狗

黛尔菲娜抚摸着猫,玛丽内特对着膝上的小黄鸡哼着小曲。

"看那儿,"小鸡一边盯着马路那头一边说,"那里有一头牛。"

玛丽内特抬起头,看见一只鹿穿过草地,正往农场奔来。这只动物体型较大,长着一对树杈形的角。它跳过路边的水沟,进了院子,在两个小女孩面前停了下来,大口喘着气,两条纤弱的腿在颤抖。刚开始,它气喘吁吁地连话都说不出来,只是用温柔而湿润的眼睛望着黛尔菲娜和玛丽内特。终于,它跪下来,用哀求的口吻说:

"请把我藏起来。有一群猎狗在追我,它们想吃掉我,求求你们保护我。"

小女孩们搂住鹿的脖子,把自己的脑袋和它的靠在一起。可是这时猫却用尾巴抽起了她们的腿,骂道:

"真是拥抱的好时候啊!如果狗追上了它,那它可

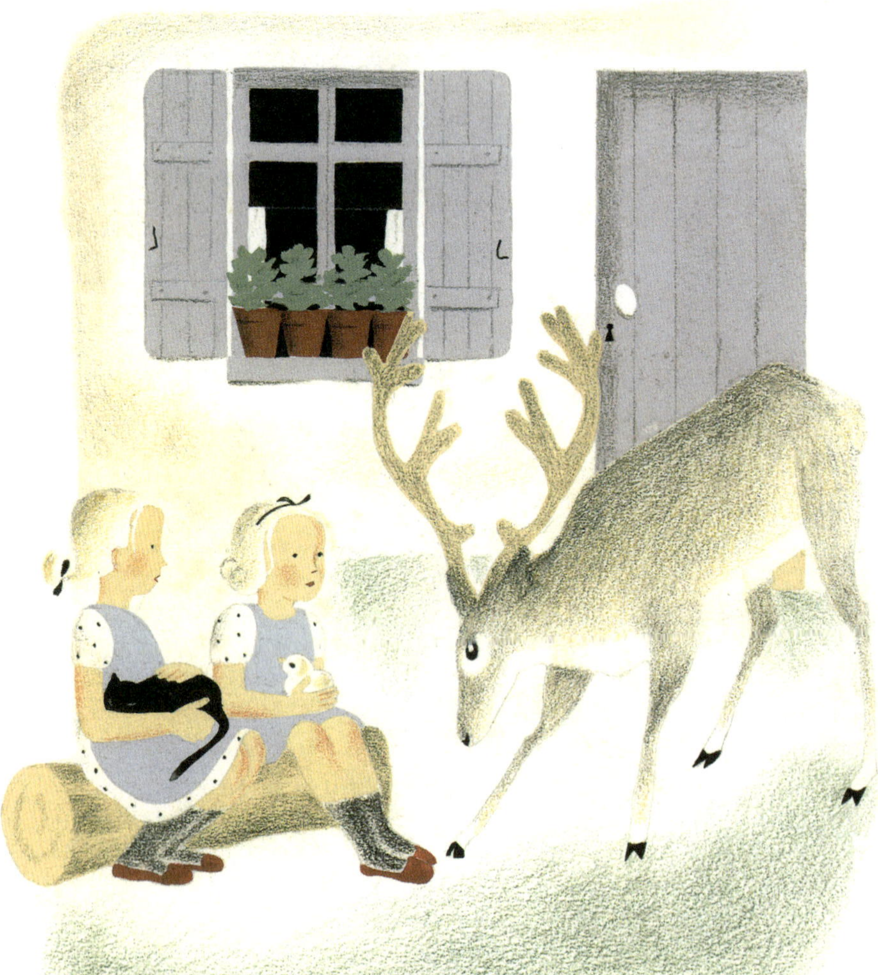

就是肥美的猎物了！我已经能听到森林边的狗叫声了。快啊，打开大门，快把它带到你们的房间里去。"

它一边说着，一边不停地用尾巴使劲拍着她们的腿。小女孩们明白，不能再浪费时间了。黛尔菲娜跑去开门，玛丽内特走在鹿前面，领着鹿飞快地奔向她和姐姐的房间。

"来，"玛丽内特说，"放心吧，别害怕。需要我在地板上铺一床毯子吗？"

"哦！不用，"鹿说，"不必这么麻烦。您真是太好了。"

"您一定很渴了吧！我往盆里倒点儿水。这水刚刚从井里打出来，很清凉的。噢，我听到猫在叫我，我先过去一下，很快就回来啊。"

"谢谢您，"鹿说，"我永远也不会忘记你们的救命之恩。"

玛丽内特到了院子里，家里的大门已经关上了。猫对两个小女孩说：

"最重要的是，我们要看起来像什么也没发生过一样。你们俩像刚刚那样坐着,一个给小鸡唱歌,一个抚摸我。"

玛丽内特把小鸡抱回膝盖上,但是小鸡一下都坐不住,跳了起来,大声叫道:

"什么意思啊?我没弄明白。我想知道,为什么我们领了一头牛进了家里?"

"它不是牛,是鹿。"

"一只鹿吗?啊!是一只鹿吗?……噢,噢,一只鹿……"

玛丽内特给小鸡唱了一首《在南特桥上》,轻轻摇晃着它,它一下子就在玛丽内特的围裙上睡着了。猫在黛尔菲娜的抚摸下也睡着了,打着呼噜,蜷缩成一团。在鹿刚刚走过来的那条小路上,小女孩们看到一条猎犬在奔跑,它的耳朵垂得长长的。它就这样跑个不停,穿过马路,直到院子中间,为了闻地上的气味,这才放慢速度。它走到两个小女孩跟前,突然问她们:

"一只鹿从这里经过了,它去哪儿了?"

"鹿?"小女孩们问,"什么鹿?"

狗来回盯着她们俩看,直到她们涨红了脸,然后又接着嗅着地面。它毫不犹豫地径直向门口走去,走过去的时候不小心撞到了玛丽内特。睡着了的小鸡在围裙里被撞得摇摇晃晃,它睁开一只眼睛,拍打着翅膀,不知道发生了什么事,然后回到它的睡袋里又睡着了。这时,狗的鼻子已经嗅到了门槛上。

"我闻到这里有鹿的味道。"它一边说着一边扭头转向两个小女孩。

她们假装没听见。于是狗开始大喊:

"我说我闻到这里有鹿的味道!"

猫假装被惊醒了,站了起来,用惊讶的目光看着狗,对它说:

"你在这里做什么?无缘无故跑到人家门口嗅来嗅去!赶紧滚吧。"

小女孩们站了起来,低着头向狗走去。玛丽内特用双手抱着小鸡,小鸡在她手上晃来晃去,最后终于彻底醒过来了。它不太明白自己身在何处,伸长脖子这边看看,那边瞧瞧,试图透过玛丽内特的手指,去看看外面

究竟发生了什么。狗严肃地盯着小女孩们,指着猫对她们说:

"你们听到了吗,它是怎么跟我说话的?我真应该一口咬穿它的肚子,是因为给你们面子,我才没动手。作为交换,你们得把全部真相告诉我。来吧,承认吧,刚才,你们看到一只鹿跑进院子里。你们可怜它,就把它领进了家里。"

"我向您保证,"玛丽内特用有点儿犹豫的声音说,"家里没有鹿。"

她话还没说完,小鸡就站了起来,在她手上俯着身子,就好像站在阳台上似的,喊道:

"有啊!喂!有啊!小姑娘不记得了,但是我记得很清楚啊!她领了一只鹿进了屋,是的,是的,一只鹿!长着好几个角的大个子。哈!哈!多亏我还记得!"

它吹着身上的茸毛,昂首挺胸。猫恨不得一口吃掉它。

"我早就知道了,"狗对两个小女孩说,"我的嗅觉从来没出过错。只要我闻到它在屋子里的味道,就等于亲眼见到一样。拜托,讲点儿道理好吗,让它出来。

再说，这只动物也不是你们的。如果我的主人知道发生了什么事，他一定会来找你们的爸爸妈妈。你们不要再固执了。"

小女孩们一动也不动。她们抽泣了一下，大颗大颗的眼泪涌出眼眶，放声大哭起来。狗看起来有点儿不知所措。看着她们哭，它站在原地，低下头，若有所思。最后，它用鼻子蹭了蹭黛尔菲娜的小腿肚，叹了口气说：

"真奇怪，我见不得小女孩哭。听着，我也不想当坏人，毕竟那只鹿跟我无冤无仇。但是话又说回来，猎物就是猎物，我得做我自己的本职工作啊。不过，这一次……唉，我就当什么也没看见吧。"

黛尔菲娜和玛丽内特已经破涕为笑了，正要向它道谢，可是它却躲开了，竖起耳朵，听到依稀从森林边上传来的狗叫声，摇着头说：

"别高兴得太早，恐怕你们的眼泪没有用，你们等会儿还得向别人继续流泪。我已经听到其他猎狗的叫声了，它们肯定会顺着气味找到鹿的踪迹，很快就会出现在这里。到时你们要怎么解释呢？可别指望它们会心软。

我想提醒你们，它们只知道为主人效忠。除非你们放了那只鹿，否则它们是不会离开房子的。"

"当然应该放了那只鹿！"小鸡从它的"阳台"上探出身来叫道。

"住嘴。"玛丽内特说罢，眼泪又流了下来。

小女孩们在哭的时候，猫一边摇着尾巴一边认真地思考。孩子们焦急地看着它。

"好了，你们别哭了，"它命令道，"一群猎狗就要来了。黛尔菲娜，你到井边去打一桶凉水，把它放在院子门口。玛丽内特，你带着狗去花园，我随后就跟你们会合。但首先要做的是赶紧把小鸡支开，把它放在这个篮子下面，放这儿。"

玛丽内特把小鸡放在地上，用篮子一扣，趁它还来不及反抗，就把它关在了里面。黛尔菲娜提了一桶水到院子门口，玛丽内特和猫还在花园里。这时，黛尔菲娜听到了狗叫声，接着那群狗就出现在了不远处。可以数出总共有八条猎狗，它们的体型和颜色都一样，脑袋上还都耷拉着大大的耳朵。黛尔菲娜担心只有自己一个人去迎接它们，心里很害怕。还好就在这时，猫从花园里出来了，玛丽内特走在它后面，手里抱着一大束花，有玫瑰花、茉莉花、丁香花和康乃馨。猎狗们一到门前的

马路上，猫就走上前去迎接，亲切地对它们说：

"你们是来追鹿的吧！它一刻钟以前刚从这儿经过。"

"你是说它已经走了？"一条狗怀疑地问。

"是的，它进了院子，然后又马上跑出去了。已经有一条狗追过去了，一条像你们一样的狗，好像叫帕托。"

"啊！对……帕托……没错。"

"我来给你们指鹿离开的方向。"

"不用，"一条狗低声叫道，"我们会找到它的踪迹的。"

站在猎狗身后的玛丽内特走上前去，问道：

"你们当中谁叫哈瓦热赫？帕托让我捎句话给它。帕托跟我说，'您很容易认出它，就是最漂亮的那个……'"

哈瓦热赫向玛丽内特鞠了一躬，摇了摇尾巴。

"不过说真的，"玛丽内特继续说，"认出来可不太容易，因为您的同伴们都很漂亮！真的，我们从来没有见过这么漂亮的狗……"

"你们真的很帅，"黛尔菲娜又强调了一遍，"怎么看都看不厌。"

猎狗们发出了满意的咕哝声，所有的尾巴都开始摇了起来。

"帕托要我请您喝一杯。今天早上您好像有点儿发烧，它想，您跑了这么远的路，需要恢复一下体力。这里有一桶水，刚从井里打上来……如果您的同伴也想喝……"

"真是盛情难却呀。"猎狗们感谢道。

猎狗们乌泱泱地挤在水桶周围，小女孩们继续卖力地讨好它们，说它们又漂亮又优雅。

"你们真好看，"玛丽内特说，"我想把我的花送给你们。再没有别的狗能配得上我的花了。"

在它们喝水的时候，小女孩们把花束分开，然后赶紧把花戴到狗的脖子上。不一会儿，每条狗的脖子上都戴了一个花环，有的是玫瑰配康乃馨，有的是丁香配茉莉。它们欣赏着对方的花环，开心极了。

"哈瓦热赫，再放一朵茉莉花……茉莉花很适合

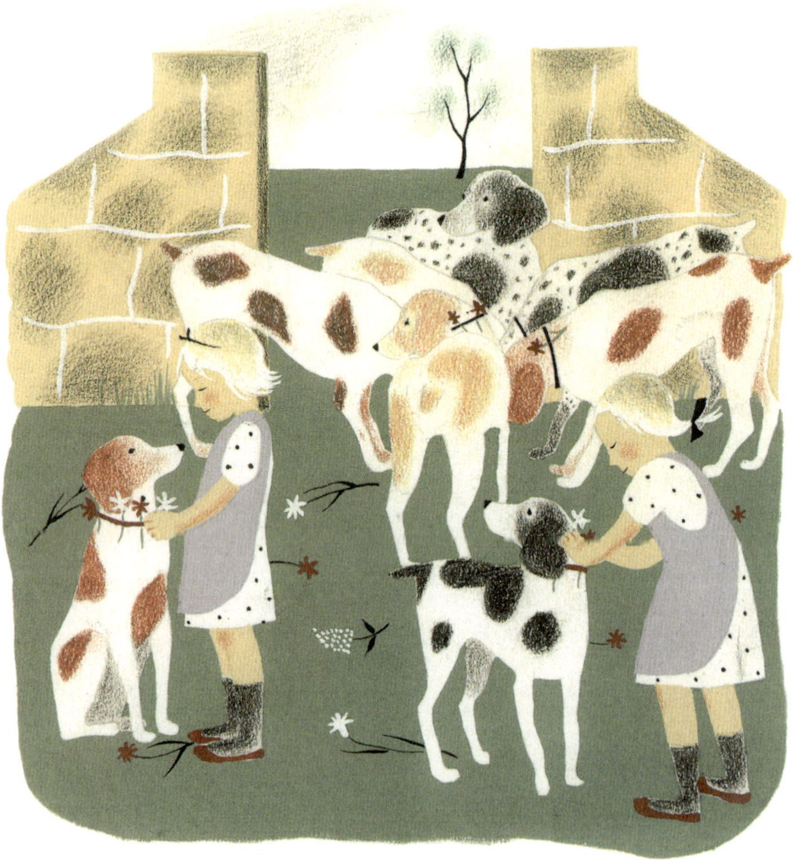

您！哦，您是不是还渴呀？"

"没有没有，太谢谢了，您真的太好了。不过我们得去追鹿……"

但是，猎狗们并没有马上离开。它们焦虑地在原地打转，不知道该往哪儿走。哈瓦热赫努力地嗅着地面，也找不到那只鹿的踪迹。康乃馨、茉莉花、玫瑰和丁香的香气扑鼻而来，掩盖了鹿的气味。而它的同伴们同样也被困在鲜花的香味里，徒劳地嗅着。最后哈瓦热赫跟猫说：

"你能告诉我们鹿是往哪个方向跑了吗？"

"当然可以。"猫回答，"它往这边跑了，进了森林里，一直往田野那边去了。"

哈瓦热赫告别了小女孩们，和戴着花环的猎狗们飞奔离去。当它们消失在森林里后，藏在花园里的帕托走了出来，它要求把鹿叫出来。

"既然我已经跟你们一起谋划了那么多，干脆就好人做到底。"狗说，"我想要给它一些建议。"

玛丽内特把鹿带出了屋子。它得知自己刚刚逃过了

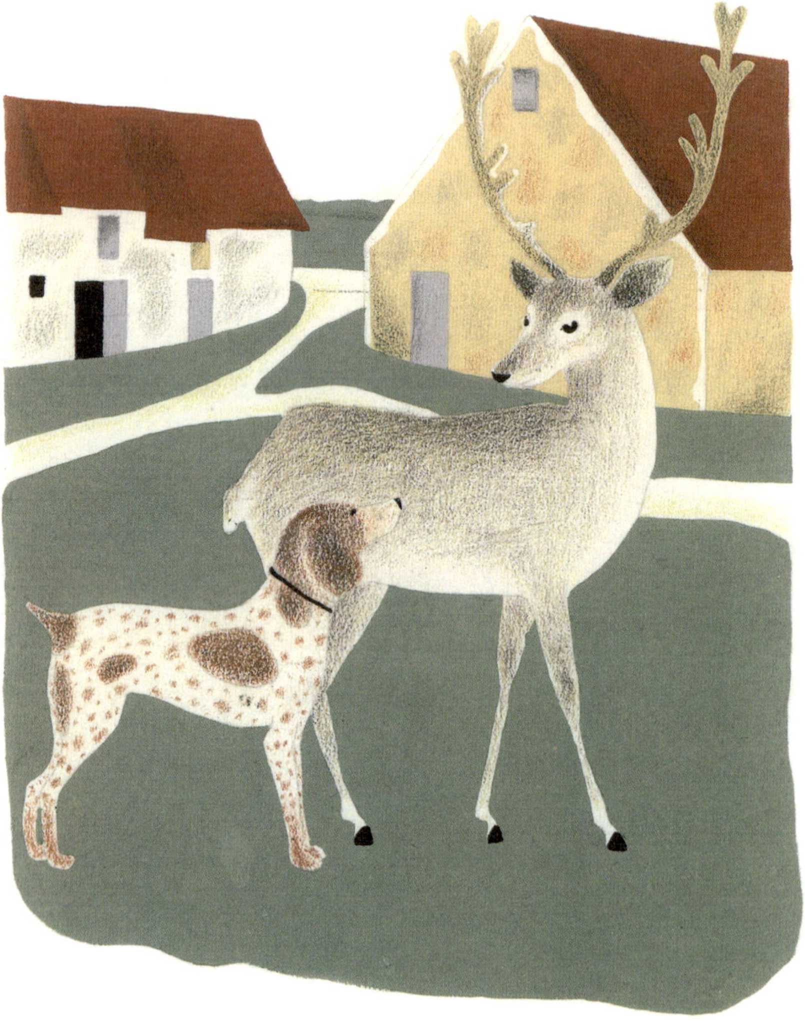

一劫，吓得战战兢兢。

"今天您得救了，"在鹿感谢了大家之后，狗说道，"那明天呢？我可不想吓您，但是想想那些狗、那些猎人、那些猎枪。您觉得我的主人会就这么放过您吗？指不定哪天，他又会放出一群猎狗来追您。到时候，就算我不情愿，也不得不受命去追捕您。要是您识相的话，就不要再去森林那边了。"

"离开森林？"鹿叫道，"那我会很无聊的！况且，我又能去哪里呢？我总不能住在一览无遗的平原上吧。"

"为什么不行？我这是为您着想啊。无论如何，就目前而言，您在那儿比待在森林里安全。如果您相信我，就在平原上待到天黑。您可以藏到河边的灌木丛那里。现在，我要跟您道别了，但愿我永远不会在森林里再遇见您。再见了，小女孩们，再见了，猫，请照看好我们的朋友。"

狗走后不久，鹿也告辞去了河边的灌木丛里，几次回头向挥手帕的小女孩说再见。在鹿到达它的避难所后，玛丽内特终于想起了那只被自己遗忘在篮子下的小鸡。

它以为天黑了，就睡着了。

爸爸妈妈从集市上回来，看上去心情很不好。本来早上的时候他们打算去买一头牛，结果并没有买到，因为所有的牛都太贵了。

他们怒气冲冲，"真不走运，白白浪费了一整天却一无所获。我们要怎么干活儿啊？"

"牲口棚里还有一头牛！"小女孩们提醒道。

"哈！真是一头好牛啊！好像一头牛就够了一样！你们最好闭嘴。咦？我们不在的时候，你们都做了什么好事？为什么这个桶在院子门口？"

"是我刚刚给小牛犊喝水才放在那儿的，"黛尔菲娜说，"我忘了把水桶放回去。"

"还有那些散落在地上的茉莉花和康乃馨呢？"

"康乃馨吗？"小女孩们回答，"哦，那是……"

在爸爸妈妈的注视下，她们不禁脸红了。爸爸妈妈满腹狐疑，朝花园跑去。

"所有的花都被摘了！花园里什么都没了！玫瑰！茉莉、康乃馨、紫丁香！可恶的小家伙们，你们为什么要把花都摘光呢?"

"我不知道,"黛尔菲娜结结巴巴地说,"我们什么也没看见。"

"啊!你们什么都没看见吗?哼!真的?"

眼看爸爸妈妈马上就要来揪孩子们的耳朵,猫赶紧跳到了一棵苹果树最低的树枝上,靠近爸爸妈妈身旁,对他们说:

"你们别冲动,孩子们什么也没看见。中午,她们在吃饭的时候,我坐在窗台上晒太阳,看见一个流浪汉在路边盯着花园。后来我不知不觉就睡着了,没过多久,我一睁开眼就看见那个流浪汉走远了,怀里还抱着什么东西。"

"你这只懒猫,你不应该去追他吗?"

"我?我这只可怜的猫,我去追干吗?流浪汉可不是我该管的事情,我太弱小了。应该需要一条狗来管这事才对。啊!要是有一条狗就好了!"

爸爸妈妈低声骂道:"还要再养一条什么也不干的狗?白养你就已经够受的了。"

"随你们吧。"猫说,"今天有人从花园里偷了花,明天可能有人来偷鸡,说不定哪一天就会来偷小牛了。"

爸爸妈妈没有回应,但猫的最后一句话让他们思考起来。他们觉得养狗还是很有必要的,晚上他们又把这个问题拿出来讨论了好几次。

晚饭时,爸爸妈妈和孩子们坐在餐桌旁,趁他们还在抱怨没能以一个合适的价格买到牛的时候,猫穿过草地,一直走到河边。天快黑了,蟋蟀们唱起了歌。它发现鹿躺在两丛灌木之间,在吃树叶和青草。它们谈了很长时间,刚开始,鹿并不接受猫给它的建议,但最后它还是被说服了。

第二天一大早,鹿走进农场的院子,对爸爸妈妈说:

"你们好,我是一只鹿。我正在找工作,你们这里有什么我可以做的吗?"

"我们想知道你能做什么。"爸爸妈妈回答。

"我能跑,小跑也可以,走路也可以。尽管我的腿很瘦,但我很有劲儿。我能驮重担,我可以自己拉车,也可以和别的动物一起拉车。如果你们急着要去什么地方，可以直接跳到我背上，我跑得比马还快。"

"这再好不过了。"爸爸妈妈表示同意，"那你的要求是什么呢？"

"管吃管住，当然还有周日休息。"

爸爸妈妈把手一甩，不愿意听到鹿说周日要休息。

"你们自己做决定吧。"鹿说，"我想再说一句，我吃得少，花不了你们几个钱。"

最后这句话使爸爸妈妈下定决心，同意试用一个月。这时黛尔菲娜和玛丽内特从屋里走出来，看见她们的朋友，装出一副很吃惊的样子。

"我们给牛找了一个同伴。"爸爸妈妈说，"你们要好好和它相处。"

"你们有两个这么漂亮的女儿啊！"鹿说，"我相信我会和她们相处得很好。"

爸爸妈妈不想浪费时间，他们把牛从牲口棚里牵了出来，打算去耕田。当牛看到鹿头上的大犄角时，先是偷偷地笑了起来，接着笑得前仰后翻，甚至笑趴在了地上。这是一头爱笑的牛。

"哈哈！它头上长了一棵树，真是太搞笑了！等等，让我先笑完！还有这腿，这小尾巴！等一下啊，让我先笑个够。"

"好了，够了。"爸爸妈妈说，"起来，该干活儿了。"

牛站了起来，但当它知道要和鹿一起套上犁的时候，它笑得更大声了。笑完后，它向新同伴道歉：

"您一定觉得我很傻吧，但说真的，您的角实在太搞笑了，我还不太习惯。不过我觉得您很友善。"

"您觉得开心就笑吧，我不生气。我觉得您的角也很搞笑，不过我应该很快就会习惯的。"

事实上，在一起犁了半天地之后，它们就没功夫去对彼此的角感到奇怪了。刚开始几个小时，尽管牛尽量多出力，让鹿省了很多力气，但鹿干起来还是很费劲。对鹿来说，最困难的是调整自己的步伐，去适应牛的节奏。鹿冲得太快了，使劲的节奏没有把握好，不一会儿就累得上气不接下气。它踩在土块上，犁车的速度就要变慢，这样一来，犁又会跑歪。第一道沟犁得歪歪扭扭，爸爸妈妈不得不把工作暂停下来。后来，多亏了牛为鹿出谋划策，才慢慢好起来。很快，鹿就变成了一头优秀的犁地好手。

但是，它从来没有对干活儿感兴趣过，也从不以干活儿为乐。如果不是因为跟牛建立了这么深厚的友谊，它才不会甘心乖乖犁地。它每天都盼着这一天的劳作快结束，结束了就不用受爸爸妈妈的管教了。一回到农场，它就在院子里和草地上奔跑。它喜欢和小女孩们一起玩，当她们在它身后奔跑追赶时，它都会故意让自己被抓住。爸爸妈妈冷眼看着他们嬉戏。

"这像什么话！"他们说，"犁了一天地，不去好好休息，为第二天做好准备，还在这里乱跑。孩子们已经疯玩了一整天了，还要再跟在你后面跑得气喘吁吁的吗？"

"你们在抱怨什么呢？"鹿回答，"我只需要做好我的本职工作就行了。至于孩子们，我在教她们跑步和跳高。自从我来到这里，她们跑得快多了。这没用吗？生活中还有什么比跑得快更有用的呢？"

但是这些理由并没有让爸爸妈妈满意，他们继续耸

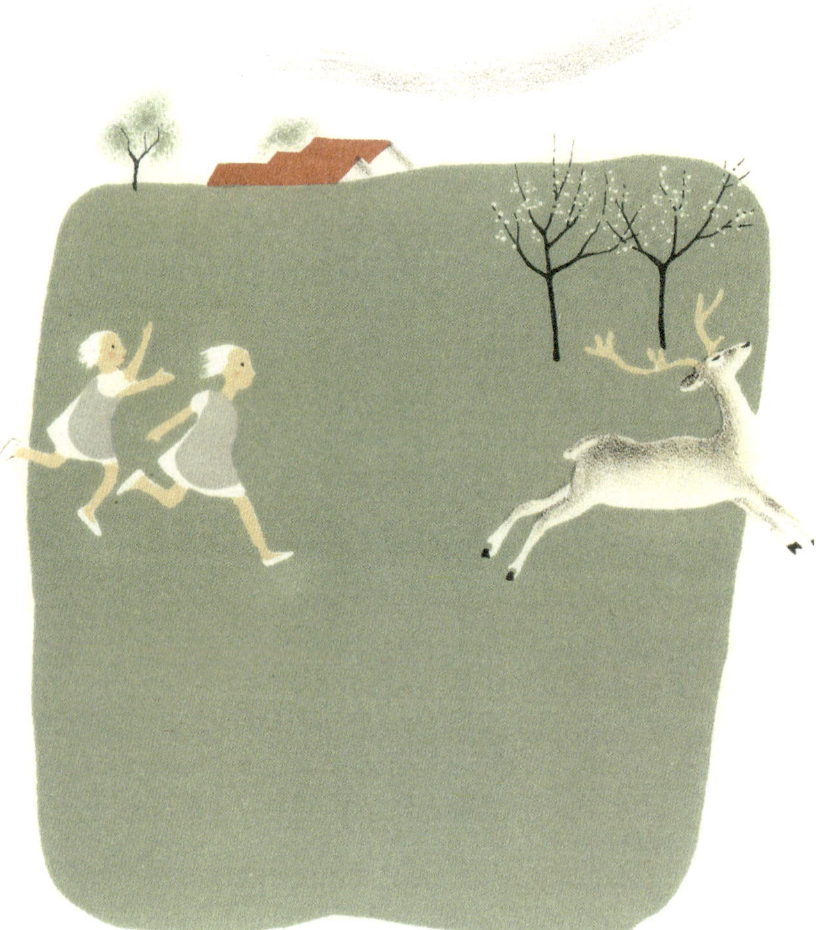

着肩膀抱怨着。鹿不太喜欢他们，要不是怕两个小家伙会难受，它不止一次想发脾气。还好，它在农场中结交了不少动物朋友，这也帮它变得更有耐心。它和一只蓝绿色鸭子相处得很好，有时，鹿把鸭子放在两只角之间，让它站在更高一点儿的地方看世界。它也很喜欢猪，因为猪让它想起了自己的野猪朋友。

晚上，在牲口棚里，它常和牛聊各自的生活，一聊就是很久。牛的生活一直很枯燥，鹿的到来是它生命当中最重大的事。但牛过得很知足，比起讲自己的生活，它更喜欢多听鹿说说。鹿常跟它聊起森林、林中空地、池塘、那些追逐月亮的夜晚、露水浴和森林里的其他居民。

"没有主人，没有必须要完成的任务，没有时间限制，可以随心所欲地奔跑，和兔子玩耍，和布谷鸟或路过的野猪聊天……"

牛说："其实我觉得牲口棚也没什么不好。对我来说，森林更适合在美好的季节去度假。当然，也许那里很适合你，但是到了冬天和大雨天，我觉得林子里就没那么好了，不像这儿。我可以在这儿避雨，我的蹄子是干的，这里还有一堆新鲜的稻草可以给我睡觉，食槽里还有干草可以吃。这里也不是什么都不好。"

但尽管这么说，牛还是羡慕地想象着它从来没有经历过的丛林生活。白天，它在平原上犁地，有时它会一边往前走一边望着森林，像鹿一样，遗憾地叹着气。晚上，它甚至会梦见自己在森林的空地上和兔子玩，还会梦见自己跟着一只松鼠爬到了树上。

星期天早上，鹿离开牲口棚，去森林里玩了一天。晚上，它神采奕奕地回来了，大谈特谈它见了谁，找到了哪些朋友，以及怎么跑了，怎么玩了。但到了第二天，它又愁容满面，除了抱怨它在农场的生活很无聊外，什么也没说。好几次，它请求爸爸妈妈让自己带牛去森林，但爸爸妈妈总是很生气。

"带牛去？去森林里玩？你还是让牛安静地待着吧！"

可怜的牛羡慕地看着它的同伴离开，悲伤地过了一个星期天。它向往着森林和池塘，埋怨爸爸妈妈把它像小牛犊一样紧紧地拴着，其实它都已经五岁了。爸爸妈妈同样也没批准黛尔菲娜和玛丽内特跟鹿一起去森林，但是一个星期天的下午，她们借口去摘铃兰，却偷偷到森林里约好的地方和鹿碰面。鹿把小女孩们背在背上，带着她们穿过森林。黛尔菲娜紧紧地抓着它的角，玛丽内特拉着姐姐的腰带。鹿告诉她们树木的名字，给她们指鸟窝，让她们看兔子或狐狸洞。有时喜鹊或布谷鸟会停在它的角上，告诉它这些天发生了些什么。鹿在池塘边停留了一会儿，一条鲤鱼正从水里伸出头来打呵欠，鹿和这条五十多岁的老鲤鱼聊了会儿天。当它向鲤鱼介绍孩子们时，鲤鱼和蔼地回答：

"哦！你不用告诉我她们是谁啦，我认识她们的妈妈。那个时候她还是个小女孩，那是二十五年或三十年前的事了。看到她们俩，我觉得就像看到了她们的妈妈。很高兴知道你们叫黛尔菲娜和玛丽内特。你们看起来真漂亮，真得体。小姑娘们，你们要回来看我哦。"

"噢！好的，夫人。"小女孩们答应了。

离开了池塘，鹿带着黛尔菲娜和玛丽内特来到林中的一块空地上，把她们放了下来。接着，鹿注意到青苔覆盖的河堤脚下，有一个只比拳头大一点的洞，它把头探了过去，轻轻地叫了三声，然后往后退了几步。小女孩们看见一只兔子的头从洞里探了出来。

"不要害怕，"鹿说，"这两个小女孩是我的朋友。"

一只兔子这才放心地从洞里出来，另外两只跟在后面。刚开始看到黛尔菲娜和玛丽内特，它们还有点儿害怕，一会儿之后，才肯让小姑娘们抚摸。最后，兔子们和小女孩们已经玩成了一团，它们还向小女孩们提了很多问题。它们想知道小女孩们住的洞穴在哪里，她们更喜欢吃哪种草，她们的衣服是出生时就有，还是后来长出来的。这些问题让她们不知道该怎么回答。黛尔菲娜脱下她的围裙，向兔子解释衣服不是长在皮肤上的，玛丽内特也脱下了鞋子证明。兔子们以为她们这样做很痛，于是闭上眼睛不敢看。当它们终于弄明白什么是衣服时，其中一只说：

"真有趣，但我不知道这样做的好处在哪里。你们的衣服，要么会弄丢，要么会忘了穿。那为什么不像大

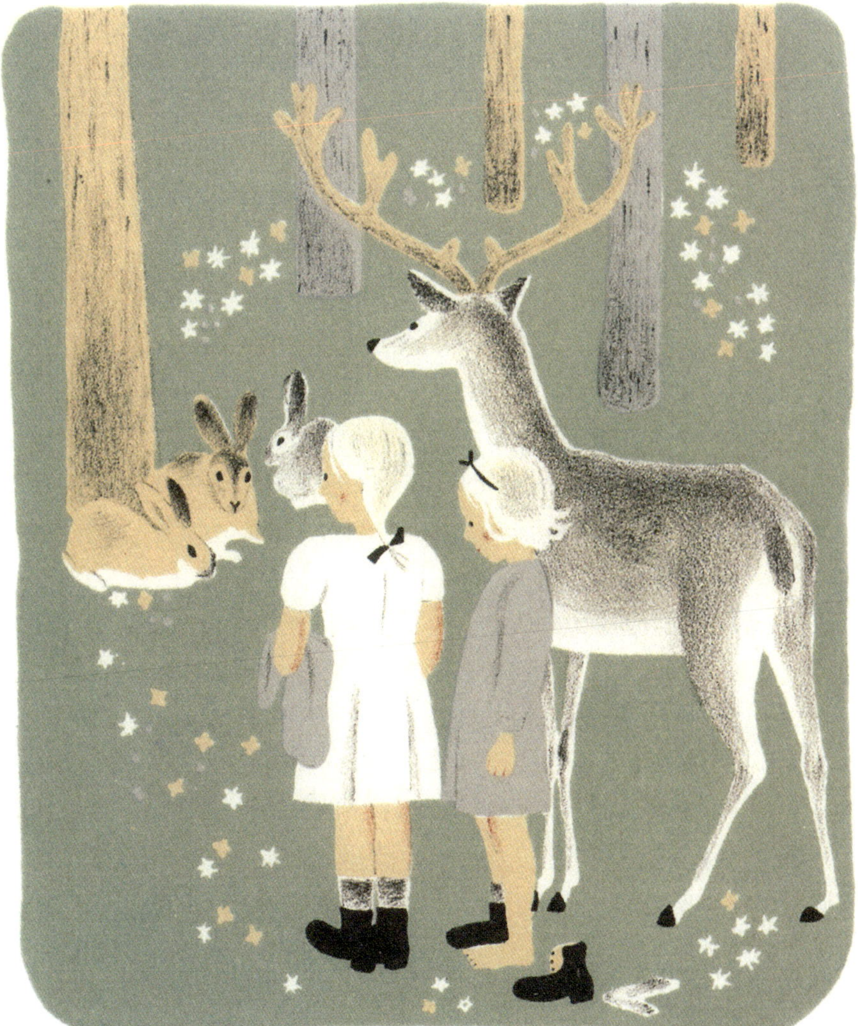

家一样长着皮毛呢？这样方便多了。"

小女孩们正在教兔子们玩游戏，突然，三只兔子以同样的姿势向洞口跑去，一边跑还一边喊：

"有一条狗！你们快逃啊！狗来啦！"

的确，在空地的入口处，一条狗从灌木丛中走了出来。

"大家别怕，"狗说，"我是帕托。我路过这里，听出了孩子们的笑声，就过来打个招呼。"

鹿和小女孩们向狗走过去，但兔子们说什么也不肯离开洞口。狗问鹿，上次一别之后，它每天是怎么过的。得知鹿在农场干活儿，狗很开心。

"这样真是再明智不过了，我希望你能踏踏实实地一直待在那里。"

"一直待在那儿？"鹿抗议道，"不，那不可能。那活儿干起来太无聊，在平原上顶着烈日太惨了，我们的森林多凉爽啊，多美妙啊，要是你知道这些，你就不会这么说了。"

"可是森林里从来没有太平过，"狗说，"我们几乎每天都在打猎。"

"你别想吓我,我清楚着呢,没什么好怕的。"

"可怜的鹿,我要是吓唬你就好了。就在昨天,我们还捕杀了一头野猪。可能你认识它,就是那头断了牙的老野猪。"

"它是我最好的朋友!"鹿呻吟着,泪如雨下。

孩子们带着责备的神情望着狗,玛丽内特问:

"不是您杀了它吧?"

"不是我,但是我和那些追它的狗在一起。我也是不得已。啊!这个工作!自从认识你们以后,我说不出有多痛苦。如果我也能离开森林,去农场工作的话就好了……"

"正好,我们的爸爸妈妈需要一条狗。"黛尔菲娜说,"来我家吧。"

"我做不到,"帕托叹息道,"第一,既然身为猎狗,就得尽忠职守;第二,我也不想离开和我一直生活在一起的同伴。我就算了吧,但如果我们的鹿朋友能答应我一直留在农场,那我就好受多了。"

狗希望鹿答应永远不要再回到森林里来生活,小女孩们也跟着帮腔。鹿犹豫着不回答，盯着三只在洞里蹦蹦跳跳的兔子，其中一只停下来，叫鹿过去一起玩游戏。它向小女孩们示意，自己没办法答应她们。

第二天，鹿和牛一起被套在车里，在农场的院子里犁地，鹿还在想着森林里的树木和动物。因为走神，它没有听到要前进的吆喝，还待在原地不动。牛本来已经打算迈步向前了，但它感到同伴没动，于是就在原地等着鹿。

"走啊，吁！"爸爸妈妈骂道，"又是那畜生！"

鹿还在走着神，仍然一动也不动。爸爸妈妈抄起棍子来打它，它勃然大怒，大声说：

"马上把犁给我卸了！我不想再给你们干活儿了。"

"继续往前走！你的那些话留着下次说吧。"

因为鹿不肯拉车，爸爸妈妈又给了它两棍子，它还是不肯，又被打了三棍子。最后，它妥协了，爸爸妈妈胜利了。到了土豆地里，他们把一包土豆种子从车上卸了下来，然后把牲口松了套，让它们在路边吃草。棍子的教训似乎很有用，因为鹿看上去变得温顺了。可是爸爸妈妈一开始种土豆，鹿就对牛说：

"这次，我要永远地离开了。别留我，不要浪费时间。"

"好，"牛说，"那我也走。你跟我讲了这么多关于森林生活的事，我都等不及要去体验了，我们走吧。"

当爸爸妈妈转过身去的时候，它们已经跑到了一排开满花的苹果树那儿，树后面有一条笔直通向森林的小路。牛非常高兴，它又跑又跳，唱着小女孩们教它的歌。在它看来，新生活就像曾经在牲口棚里想象的那样美好。然而一进入森林，它就大失所望。它很难跟着鹿穿过小森林，高大的身躯让它行走起来很不方便。头上长长的横着的两只角，也阻碍着它前进。它忧心忡忡地想，一旦遇到危险，它可没办法穿过森林。就在这时，鹿走进了一个沼泽地，它走得很轻，几乎没有留下脚印。可是牛还没走三步，就陷了进去，费了好大的劲才把蹄子拔出来。它对同伴说：

"很显然，森林不适合我。我还是不坚持为好，你也不必留我。我要回到平原去。"

鹿没有挽留它，它陪牛一直到了森林边上。远远地看过去，院子里的两个小女孩变成了两个金色的小点，它一边指着女孩们一边对牛说：

"要不是她们的爸爸妈妈打我，我可能永远都没有勇气离开她们。她们，你和那里所有的动物，我会想你们的……"

在依依告别之后，它们离开了对方，牛又回到了土豆地里。

听到鹿逃跑的消息，爸爸妈妈很后悔用棍子打了它，因为他们不得不花很多钱再买一头牛。这也算是对他们的惩罚。

小女孩们不愿相信她们的鹿朋友永远不会回来了。

"它会回来的，"她们说，"它不能永远离开我们啊。"

但是几个星期过去了，鹿还是没有回来。她们叹了口气，往森林那边望去：

"它把我们忘了。它在和兔子、松鼠一起玩，把我们忘了。"

一天早上，当小女孩们在门阶上剥豌豆时，帕托走进了院子。它低垂着头，走到她们跟前说：

"我有个坏消息要告诉你们。"

"鹿！"小女孩们叫道。

"是的，鹿。我的主人昨天下午猎杀了它。虽然我已经尽力去引开猎狗群，但哈瓦热赫不相信我。当我走近鹿时，它还有呼吸，它认出了我。它用牙齿摘了一朵小雏菊给我，跟我说，'送给小女孩们'。嗯，就是我颈圈上的这朵花，你们取下来吧。"

小姑娘们扑在围裙里哭了起来，蓝绿色鸭子也哭了。过了一会儿，狗又说：

"现在，我再也不想听到任何关于打猎的事情了，那样的生活结束了。我想问你们，你们的爸爸妈妈还想要一条狗吗？"

"要啊，"玛丽内特说，"他们刚刚还在说这件事呢。啊！我太高兴了！你要和我们在一起啦！"

小女孩们和鸭子含着泪对狗笑了起来，狗友好地摇着尾巴。

大象

爸爸妈妈穿上漂亮的衣服准备出门，临走时对两个小女孩说：

"雨下得太大了，我们就不带你们去看阿勒弗雷德叔叔了。利用这个时间好好温习功课啊。"

"我已经学会啦，"玛丽内特说，"我昨天晚上就学过了。"

"我也是。"黛尔菲娜说。

"那你们乖乖地玩吧，但是要注意，不要让任何人进来。"

爸爸妈妈走了，孩子们的鼻子贴着窗户玻璃，看着他们走远。雨下得太大，所以她们没能和爸爸妈妈一起去看阿勒弗雷德叔叔，但是她们一点儿都不遗憾。她们正商量着要玩罗多游戏时，突然看见火鸡从院子里跑过。它躲到棚子下面，抖了抖湿漉漉的羽毛，然后把长脖子伸到胸前的绒毛里擦了擦。

"对火鸡来讲,这真是个糟糕的天气。"黛尔菲娜说,"对其他动物也是。幸亏这样的天气不会持续很久。但是,假如要下了四十天四十夜的雨该怎么办呢?"

"怎么可能?"玛丽内特说,"你为什么想要下四十天四十夜的雨啊?"

"当然不可能。但是,我在想,除了罗多游戏,我们还可以玩诺亚方舟的游戏。"

玛丽内特觉得这个主意很好,厨房可以成为一艘很好的方舟。至于动物们,小女孩们要找到它们并不难。她们来到牲口棚和家禽饲养棚,顺利地让耕牛、奶牛、马、绵羊、公鸡、母鸡跟着她们进了厨房。听到要去玩诺亚方舟游戏,大多数动物都很开心。但也有几只固执的家伙表示抗议,比如火鸡和猪,它们不想被打扰。玛丽内特严肃地对它们说:

"要发洪水啦,要下四十天四十夜的雨。如果你们不想去方舟,那就等着倒霉吧。大地将被洪水淹没,你们也会被淹死。"

那些固执的家伙没等她说第二遍,就赶紧一窝蜂挤进了厨房。对母鸡来说,完全不用吓唬它们,它们一听说要玩游戏,都一副争先恐后的样子。但是黛尔菲娜只挑了一只,把其他的都打发走了。

"你们要明白,我只能选一只母鸡上船。否则的话,就不符合游戏的规则了。"

不到一刻钟,农场里所有的家畜代表都齐聚在厨房。大家担心耕牛的角太大,进不了门,但耕牛将头往旁边一歪,就顺利地进来了。奶牛也这样进了门。方舟被挤得满满的,小女孩们不得不把母鸡、公鸡、母火鸡、公火鸡和猫都安排在桌子上。一切都井然有序地进行着,

动物们也表现得规规矩矩的。然而，大家在厨房里还是显得有点儿放不开，因为除了猫，也许还有母鸡，其他动物从来没有进过厨房。站在时钟旁边的马，一会儿看看钟盘，一会儿看看钟摆，因为担忧，它的两只尖耳朵来回扇动着。奶牛好奇地看着碗橱玻璃窗后的一切，它的目光停在一块奶酪和一罐牛奶上，喃喃自语了好几次"我现在明白了，我明白了……"

过了一会儿，动物们开始害怕了，甚至那些原来知道这只是游戏的动物们，也开始怀疑起来：这到底是不是游戏？因为，黛尔菲娜坐在指挥台——厨房的窗沿边，望着外面，焦急地宣布：

"雨一直下……水在上涨……看不到花园了……风仍然很大……向右航行！"

玛丽内特是舵手，她把炉子的旋钮向右旋转，冒出来一缕烟。

"雨还在下……水已经涨到苹果枝上了……小心岩石！向左航行！"

玛丽内特把旋钮朝左拧了一下，厨房的烟少了点儿。

"雨一直下……还可以看见那些最高的树梢，但水位正在上涨……完了，我们什么都看不到了。"

这时，大家听到了啜泣声。是猪发出来的，它想到自己将要离开农场，抑制不住内心的悲伤。

"船上肃静！"黛尔菲娜叫道，"大家不要惊慌。我们要以猫为榜样，看看，它正在打呼噜呢。"

的确，猫呼噜呼噜地睡着，就好像什么事也没发生一样。它很清楚，这场洪水其实一点儿都不严重。

"假如这一切能快点儿结束就好了。"猪呜咽着说。

"要一年多一点儿，"玛丽内特说，"但我们的食物已经准备好了，谁都不会挨饿，大家放心。"

可怜的猪瘫倒在地上，低声哭起来。它觉得，这次行程可能比小女孩们预计的还要长得多，总有一天食物会吃完的。猪是所有动物中最胖的，它很害怕自己会被吃掉。当它闷闷不乐的时候，一只白色的小母鸡在雨中蜷缩成了一团，爬上了厨房外的窗台，用嘴敲了敲玻璃，对黛尔菲娜说：

"我也想玩。"

"但是，可怜的白母鸡，你看，不可能了，因为已经有一只母鸡了。"

"主要因为方舟已经满了。"玛丽内特走过来说道。

白色的母鸡看起来那么沮丧，这让两个小姑娘心里很难受。玛丽内特对黛尔菲娜说：

"但是，我们还少了一头大象。白色的母鸡可以当大象……"

"没错，方舟需要一头大象……"黛尔菲娜打开窗户，用手捧起小母鸡，宣布它当大象。

"啊！我很高兴，"白母鸡说，"但是大象长什么样子呢？我从来没见过大象啊。"

小女孩们试图向它解释大象是什么，但它还是不明白。黛尔菲娜想起了阿勒弗雷德叔叔送给她的一本彩色图画书，就放在隔壁房间，也就是爸爸妈妈的房间里。黛尔菲娜让玛丽内特在方舟上看着，自己把白母鸡带进房间。她把书摊开放在白母鸡面前，书上有一页画了一头大象，她就着大象的图画又解释了一番。白母鸡非常认真并虔诚地看着大象的画像，因为它真的很想成为大象。

"你在卧室里再待一会儿吧。"黛尔菲娜说,"我得回方舟了,在我回来找你之前,你先好好看看大象的样子。"

小白母鸡用心记下自己要扮演的角色,没想到却真的变成了一头大象,这是它原来不敢奢望的。事情发生得太突然了,它一下子还没有明白刚才发生的变化。它以为自己还是一只小母鸡,只是栖息得很高,在离天花板很近的地方。最后,它意识到了自己长出了长鼻子、象牙和四只粗壮的脚,它那又厚又粗糙的皮肤上还留着几根白色的羽毛。尽管有点儿吃惊,但是它很满意。最让它高兴的是它长了一对大耳朵,可以这么说,以前的它几乎没有耳朵。它心想:"猪总是对自己的大耳朵沾沾自喜,等会儿看到我的,它可就骄傲不起来了。"

在厨房里,小女孩们完全忘记了门那边的白母鸡,

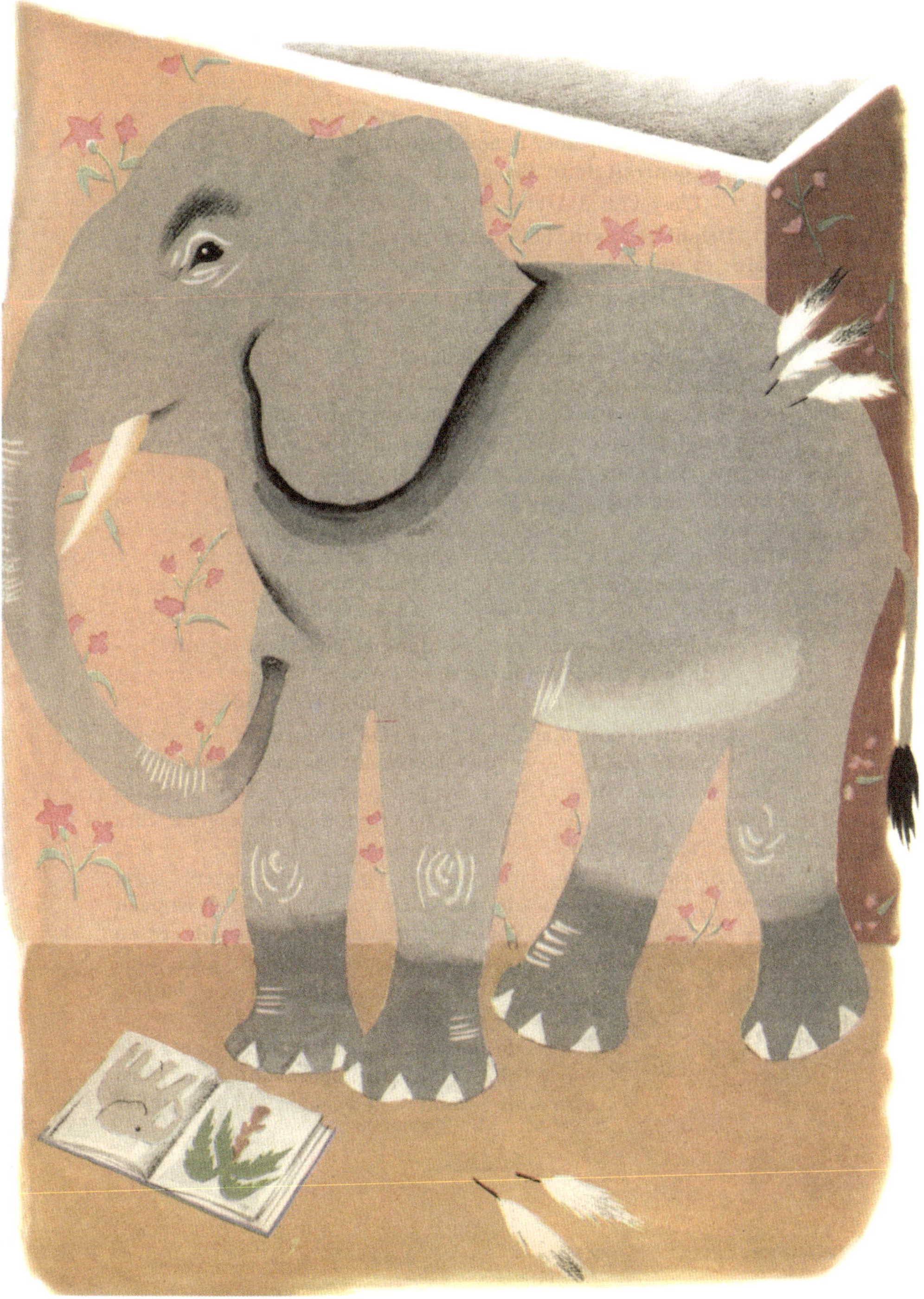

不知道它已经全部准备好了。她们宣布风浪停了，方舟在平静的水面上航行。小女孩们开始检查方舟上的动物，玛丽内特身上带了一个笔记本，记录下乘客们的要求。黛尔菲娜说：

"亲爱的朋友们，今天是我们在海上的第四十五天……"

"太好了，"猪叹了口气，"时间过得比我想的快！"

"安静！猪……亲爱的朋友们，相信你们一定没有后悔登上方舟。现在我们已经度过了最艰难的时期，我们肯定，十个月内一定能回到陆地上。我现在可以告诉你们了，直到前几天，我们还处在死亡的危险之中。多亏了舵手，我们才得以脱险。"

动物们衷心地感谢舵手。玛丽内特高兴得满脸通红，指着她姐姐说：

"也要感谢船长……我们不应该忘记船长……"

"当然，"动物们表示赞同，"当然，如果没有船长……"

"你们真好。"黛尔菲娜说，"你们无法想象，你们的信任给了我们多少勇气……当然，我们还需要你们继续信任下去。虽然我们已经战胜了最大的困难，但是挑战还没有结束……我想问问你们，不知道各位有没有什么需要的。我们从猫开始吧。猫，你有什么需要的东西吗？"

"正好，"猫回答，"我想要一碗牛奶。"

"记下来，给猫一碗牛奶。"

正当玛丽内特把猫的要求写在笔记本上时，大象轻轻地用鼻子推开门，从门缝里瞧着方舟。它感觉这个游戏还挺好玩，迫不及待地要参与进来。黛尔菲娜和玛丽内特背对着它，一时间，其他的动物也没注意到这边。想到小女孩们发现自己后会有多惊讶，它不由地激动起来。很快，乘客检查差不多结束了，奶牛还一直在盯着碗橱里的食物，当小女孩们走到奶牛面前的时候，大象彻底把门打开了，用一种它自己都没想到的洪亮的声音说：

"我在这里……"

小女孩们简直不敢相信自己的眼睛。黛尔菲娜目瞪

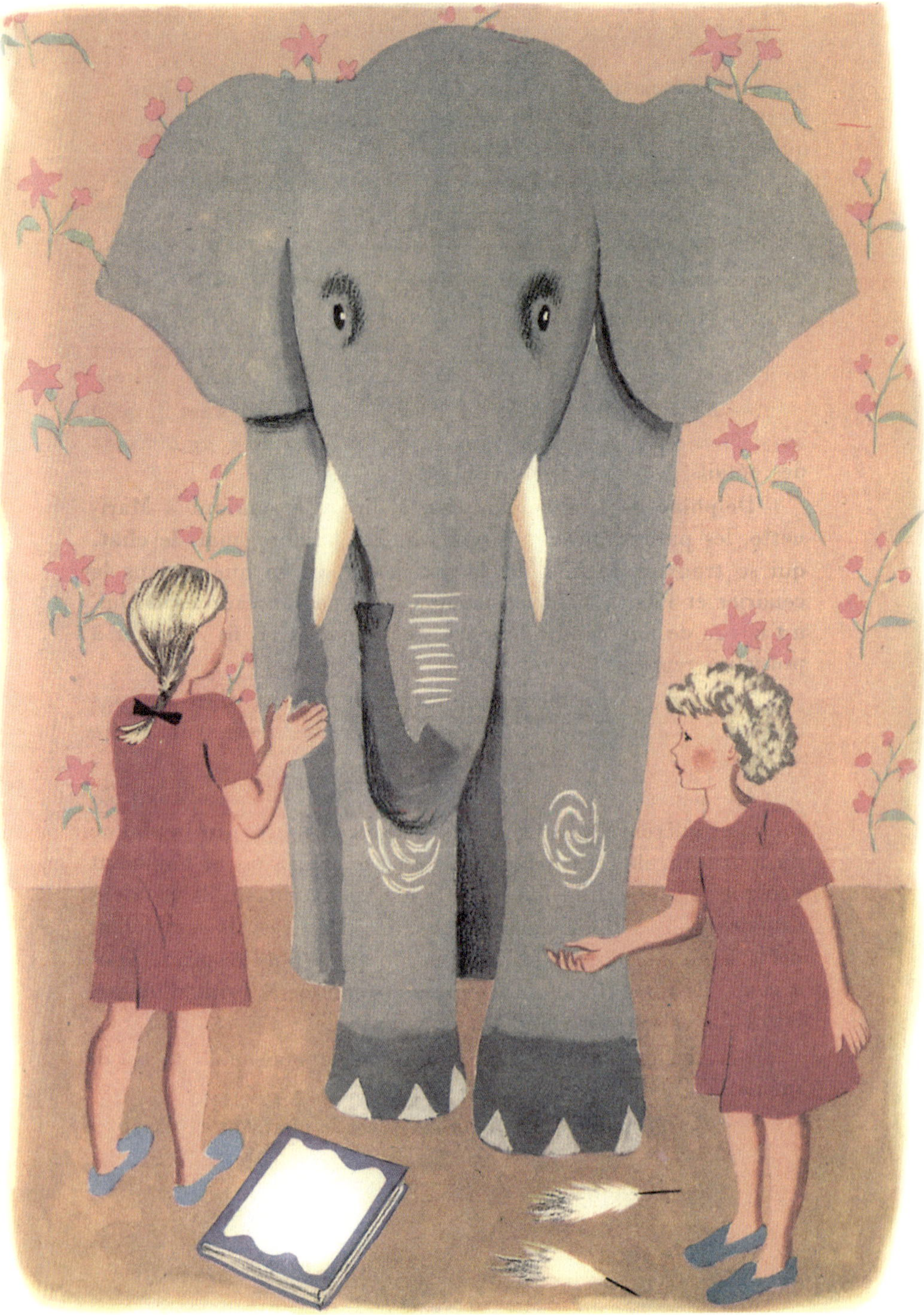

口呆地愣在那儿，玛丽内特也非常惊讶，手中的笔记本都掉了下来。她们现在怀疑方舟到底是不是一场游戏，两人几乎相信外面的确发了场大洪水。

"嘿！是的，"大象说，"是我……我不是一头美丽的大象吗？"

黛尔菲娜极力克制自己，不敢到窗边检视，毕竟她还是船长，不应该表现出惊慌失措的样子。她弯下腰，低声叫玛丽内特去看看花园有没有真的被水淹没。玛丽内特走到窗前，然后走回来小声说：

"没有，一切都在原来的位置上，院子里只有几个水坑。"

然而，看到从没见过的大象，动物们都有点儿担心。猪开始嚎叫起来，眼看就要在同伴中引起恐慌。黛尔菲娜严肃地发出警告：

"要是猪不马上给我闭嘴，我就把它扔进海里……好。现在我得跟大家说，我忘了告诉你们，有一头大象在和我们一起旅行。我们再靠拢一点儿，给大象在方舟上腾出点儿地方来。"

猪被船长的坚定吓住了，立刻停止了尖叫。所有的动物都挤在一起，为它们的新旅伴留出尽可能多的空间。但是当大象想要进入厨房时，它意识到门既不够高也不够宽，它进不来。门至少需要再大一倍半。

"我不敢硬挤进来，"它说，"我害怕整面墙都会被我带进来。我真的太强壮了，我太强壮了……"

"不，不，"小女孩们叫道，"千万不要勉强进来！您可以站在卧室那边跟我们一起玩。"

她们之前没有想过门太小了，这个棘手的情况让她们感到害怕。如果大象出了门，被人看到它在房子周围徘徊，爸爸妈妈一定会很惊讶，因为村子里压根没有这种动物。但是，这不是什么大麻烦，毕竟他们没有任何根据去怀疑小女孩们。第二天，妈妈可能会发现一只白色的小母鸡失踪了，风波就到此平息了。不过，如果爸爸妈妈发现了一头大象在自己房间里，他们肯定会不断地刨根问底。到时候，小女孩们就不得不承认，是她俩把所有的动物都聚集在厨房玩诺亚方舟游戏。

"他们再三叮嘱我们不能让任何人进屋！"玛丽内

特叹了一口气。

"也许等会儿大象又会重新变成小白母鸡。"黛尔菲娜低声说,"毕竟,它只是扮演大象。当方舟的游戏结束时,它就没有理由继续做一头大象了。"

"也许吧,那我们快点儿玩。"玛丽内特回去继续掌舵,黛尔菲娜回到了指挥台。

"继续航行!"

"来吧,太好了!"大象说,"我终于可以玩了。"

"我们在海上已经九十天了,"黛尔菲娜说,"没什么特别的情况。"

"不过,好像哪里在冒烟。"猪说。

事实上,是因为大象的出现让玛丽内特非常激动,她无意识地在那儿转动着炉子的旋钮。

"今天是在海上的第一百七十二天!"船长宣布,"没什么情况需要报告。"

总的来说,动物们觉得比较满意,因为时间过得很快。但大象却觉得这样航行有点儿太单调了。它想了想,一脸赌气的样子说:

"你们玩得倒是挺开心的,但是我在里面能干什么呢?"

"您在扮演大象,"玛丽内特回答,"您在等水退去。我想您不必抱怨……"

"啊!好吧,那就等吧……"

"在海上的第二百三十七天!刮起了风,好像水位开始下降了……它降下去了!"

听到这个消息,猪高兴得在地上打滚,开心地叫出了声。

"猪,安静点儿!不然我就叫大象吃了你。"黛尔菲娜说。

"啊!是啊,"大象说,"我真想吃掉它!"

它一边对玛丽内特挤眉弄眼,一边补充道:

"还是很好玩的啦……"

"海上第三百六十五天!我们看到花园啦,大家做好准备,有序地出去!洪水过去了。"

玛丽内特打开通向院子的门。猪害怕被大象吃掉,急忙跑了出去,还差点儿把玛丽内特撞倒。它发现地面

并不太滑,便在雨中撒腿就跑,钻进了自己的猪圈。其他动物不慌不乱地离开厨房,回到牲口棚或家禽饲养棚里。

只留下大象独自和两个小家伙待在一起,它似乎并不急于离开。黛尔菲娜向它走来,拍着手说:

"走吧,小白母鸡,走吧……游戏结束了……得回鸡舍了。"

"小白母鸡……小白母鸡……"玛丽内特一边叫着它的名字一边撒了一把谷子引它回鸡舍。

但是不管她们怎么请求都没有用,大象已经不想再变回一只小白母鸡了。

"我不是要跟你们作对,"它说,"但是我觉得做一头大象要有趣得多。"

傍晚时分,爸爸妈妈回来了,见过了阿勒弗雷德叔叔,他们心情很好。他们的披风湿透了,雨水渗进了木鞋。

"啊!这天气真是太糟糕了,"他们一边说一边打开门,"幸亏没有带你们去。"

"阿勒弗雷德叔叔怎么样了?"小女孩们的脸有点儿红。

"等会儿再跟你们说,我们先去房间换衣服。"

爸爸妈妈已经朝卧室门走了去,只差几步就要到门口了,小女孩们吓得发抖。她们的心怦怦跳得太厉害了,不得不用双手按住。

"你们的披风都湿透了。"黛尔菲娜用又小又低沉的声音说,"最好把它们脱掉,放到这里。我把它们放在炉子前烤干。"

"嗯,"爸爸妈妈说,"这是个好主意,我们都没想到。"

爸爸妈妈脱下他们还在滴水的披风,铺在火炉旁。

"我想知道阿勒弗雷德叔叔怎么样了?"玛丽内特叹了口气,"他的腿还犯风湿病吗?"

"他的风湿病没有恶化……稍等一下,我们先把这身漂亮衣服换下,穿上平常衣服,然后再来告诉你们。"

爸爸妈妈又朝卧室走去,离门只有两步远了。这时候黛尔菲娜赶紧走到他们面前，低声说：

"在换衣服之前，你们最好脱掉鞋子。不然你们会把泥巴踩得到处都是，还会把房间的地板弄得脏兮兮的。"

"确实，确实，真是个好主意，我们怎么没想到呢？"爸爸妈妈说。

他们回到火炉边，脱下木鞋，但前后不过才花了一分钟而已。玛丽内特又念叨起了阿勒弗雷德叔叔的名字，可是声音很小，爸爸妈妈都没听见。小女孩们看见爸爸妈妈朝卧室走去，吓得脸颊、鼻子，甚至耳朵都僵住了。正当他们按住门把手时，忽然听到身后传来呜咽声。玛丽内特再也抑制不住眼泪了，她又害怕又懊悔。

"你怎么哭起来了？"爸爸妈妈问，"你哪里痛吗？是不是被猫抓了？快过来，快告诉我们，你怎么哭啦？"

"因为大……因为大……"玛丽内特结结巴巴地说，但是她啜泣得太厉害了，没办法继续说下去。

"是因为她看见你们的脚都湿了。"黛尔菲娜赶紧说，"她肯定是担心你们，怕你们感冒。她以为你们要坐在炉子前烤拖鞋呢！这不，她已经准备好椅子了。"

爸爸妈妈抚摸着玛丽内特的金发，告诉她，他们很高兴有这么个乖女儿，但她不用担心他们会着凉。他们答应一换好衣服就来烤脚。

"你们最好先暖和暖和，"黛尔菲娜坚持说，"很容易得重感冒的。"

"这样的情况我们遇到过很多次……木鞋进水也不是第一次了，但是我们从来没有感冒过。"

"我是想让玛丽内特安心嘛！况且，她还有点儿担心阿勒弗雷德叔叔的身体。"

"可是阿勒弗雷德叔叔的身体好着呢！他的身体从来没有这么好过，你们放心好啦。五分钟后，你们就什么都知道了。我们会一五一十地告诉你们的。"

黛尔菲娜不知道还能说什么。爸爸妈妈朝玛丽内特笑了笑，便又往卧室走去。这时，躲在炉灶里的猫把它的尾巴放进炉灰里，用力摇了起来。爸爸妈妈经过它身边的时候，一团细灰冲进他们的鼻子，让他们连续打了好几下喷嚏。

"你们看，"小女孩们齐声叫道，"一刻也不能耽误了,你们得烤脚。快来坐下。"

他们有点儿糊涂了,只好承认玛丽内特是对的,于是走过去坐到椅子上。他们把脚搁在炉顶上,看着拖鞋冒烟,不停地打起了哈欠。他们在雨中走了很远的路,小路又坑坑洼洼的,所以走得很累。眼看他们快要睡着了,小女孩们甚至屏住了呼吸,生怕吵醒了他们。突然,爸爸妈妈吓得跳了起来。大家听到了沉重的脚步声,碗橱里的盘子都被震得哐当响。

"啊,这……有谁正在房子里走……好像是……"

"没有没有，"黛尔菲娜说，"是猫在阁楼上追老鼠。今天下午也是这样的声音。"

"不可能！你肯定弄错了。猫怎么能让碗橱震动起来呢？你肯定弄错了。"

"没错，是之前猫亲口告诉我的。"

"啊？好吧！我从来没想过猫会发出这么大的动静。但既然它这么跟你说了，那就是吧。"

在炉子下面，猫缩成了很小的一团，生怕被爸爸妈妈发现。刚刚的脚步声几乎马上就消失了，可爸爸妈妈已经不想再睡了。他们一边等着拖鞋完全烤干，一边跟孩子们讲去看望阿勒弗雷德叔叔的经过。

"叔叔在门口等我们。考虑到天气不好，他早就想到了你们应该不会去。唉！他没有见到你们，还是觉得很遗憾，他让我们……哎哎，又开始了！我的天哪，墙都震动了！"

"阿勒弗雷德叔叔有话带给我们是吗？"

"是的，他跟我们说……啊！这次，你们该不会告诉我，这次还是猫吧！房子好像要塌了！"

猫在炉子下面缩得越来越小,但它没有想到尾巴尖露了出来,等它自己意识到的时候已经太晚了。就在它要把尾巴尖收回去,放到爪子中间时,爸爸妈妈发现了它。

"现在,"他们说,"你们可不能再怪猫了,因为它就在炉子下面!"脚步声实在太响了,把炉子都震得跳了起来,爸爸妈妈准备站起来,去看看这巨大的声音是从哪儿传来的。猫随即从它藏身的地方走出来,好像刚睡醒似的,气愤地说:

"真是倒霉,想安静睡一会儿都不行!马到底是怎么了,从早上开始,它就老是踢墙,踢隔板。我以为在厨房里就听不到了,但在这里比在阁楼上听得更清楚。不知道这匹马是怎么回事,怎么变得这么激动!"

"这样啊,"爸爸妈妈说,"马一定是病了,或者是很烦躁。我们等会儿去看看。"

他们在谈论马的时候,猫冲小女孩们摇了摇头,好像在告诉她们,这些话都没有用,她们最好不要再这样坚持下去了。的确,有什么用呢?她们没办法阻止爸爸妈妈进入房间。不管早五分钟还是晚五分钟,都没什么区别。小女孩们也同意猫的看法，但她们认为晚五分钟还是比早五分钟要好点儿。黛尔菲娜咳了几下，清了清嗓子，大声问：

"你们刚刚说，阿勒弗雷德叔叔托你们说……"

"啊！是的，阿勒弗雷德叔叔……他很清楚，这样的天气是不适合带孩子们出门的。雨下得很大，尤其是我们刚到那儿的时候，真像发洪水一样……幸亏这场雨不会持续很久，看起来雨已经小了很多，对吧？"

爸爸妈妈向窗外瞥了一眼，惊讶地叫出了声，因为他们看见马在院子里散步。

"嘿！马就在院子里！它挣脱了缰绳，到院子里透气来了。好吧，这样确实对它有好处。等会儿它就会安静了，至少，我们不会听到它在马厩里乱踢乱跳了。"

就在这时，脚步声又传来了，而且比之前的更重了。地板嘎吱作响，房子从上到下都发出吱呀吱呀的响声，连桌子的两条腿都被震得翘了起来，爸爸妈妈在椅子上晃来晃去。

"就刚刚这一下，"他们叫道，"不可能是马，因为它还在院子里！不是吗，猫，不可能是马对吧？"

"当然，"猫回答说，"当然……一定是牛在牛棚里不耐烦了……"

"猫，你在说什么？我们从来没有见过牛休息的时候还不耐烦。"

"噢，那应该是绵羊在找奶牛吵架。"

"绵羊在吵架？呃……这里面好像……嗯！这里面肯定有情况……"

小女孩们开始浑身颤抖，两个金发小脑袋晃得很厉害。这样一来，爸爸妈妈就更加相信她们这是有什么不听话的事在瞒着大人。尽管不是十分肯定，爸爸妈妈还是低声骂了起来：

"啊！好啊……是不是你们让别人进来了……啊！如果你们让人进来了……两个不听话的小家伙！你们最好……最好，我不知道该怎么说了。"

爸爸妈妈皱着眉头，黛尔菲娜和玛丽内特吓得头都不敢抬。猫也吓坏了，不知如何是好。

"肯定是的，"爸爸妈妈低声说，"脚步声似乎很近了。肯定不是从马厩里传出来的……看起来更像是在我们隔壁房间走……是的，在卧室里……好吧，我们去看看到底是什么。"

爸爸妈妈的拖鞋完全干了。他们从椅子上站起来，眼睛一直死死地盯着卧室的门。在他们身后，黛尔菲娜和玛丽内特手牵着手。随着爸爸妈妈往前走，她们更加紧紧地抱在了一起。猫用它柔软的毛在她们的小腿上蹭来蹭去，表示它仍然是她们的朋友，不用害怕。但是气氛还是很可怕，小女孩们觉得自己的心脏都要跳出来了。爸爸妈妈把耳朵贴在门上，怀疑地听着。终于，他们转动了门把手，门嘎吱一声开了，一片寂静。黛尔菲娜和玛丽内特四肢发抖，向卧室瞥了一眼。这时，她们看到一只白色的小母鸡从爸爸妈妈的两腿间钻了过来，悄悄地穿过厨房，躲到钟底下去了。

坏公鹅

黛尔菲娜和玛丽内特正在一片刚割过草的草地上打网球,这时来了一只白色的大公鹅。它张大嘴喘着气,看起来很生气,但小姑娘们没有注意到。她们把球传给对方,目不转睛地盯着球,生怕没接住。"嘶……嘶……"公鹅的嘴里发出这样的声音,呼吸得越来越重了。它很生气,因为甚至没有人注意到它在那里。小女孩们在传球之前大声喊着"拍前面",或"屈膝",还有"转两圈"。黛尔菲娜转了两圈,球打到了鼻子上。她一下子愣住了,用手碰了碰鼻子,看鼻子还在不在,有没有被球打掉,然后哈哈大笑起来。玛丽内特也跟着笑得前仰后合,金色的头发在空中飘扬。鹅以为她们在取笑它,便把长脖子往前伸,拍打着翅膀,羽毛全都竖了起来,怒气冲冲地朝她们走去。

"我不许你们待在我的草地上。"它一边说一边走到两个小女孩中间,用警惕而愤怒的小眼睛来回扫着她们。黛尔菲娜收起了笑容,变得严肃起来,可是玛丽内特看着公鹅笨头笨脑的,大脚掌一摇一摆地走着,笑得更厉害了。

"太过分了,"鹅叫道,"我再说一遍……"

"你可真讨厌!"玛丽内特打断它,"赶紧去找你的小鹅,不要打扰我们,让我们安安静静地玩吧。"

"我就是来等我的小鹅的!我可不想让它们和两个这么没有教养的孩子在一起。快点儿,你们赶紧走开!"

"不对,"黛尔菲娜抗议道,"我们可不是没有教养的孩子。"

"让它去叫吧。"玛丽内特说,"它就是一个说蠢话的大鸡毛掸子。它凭什么说这是它的草地?就好像公鹅可以拥有自己的草地似的!来,把球扔给我……转两圈……"她开始转圈,蓝色格子围裙在膝盖上飘起来,形成了一个漂亮的圆圈。黛尔菲娜做了一个准备扔球的姿势。

"啊!岂有此理!"公鹅一边说,一边径直向玛丽内特冲去,张开大嘴巴,用尽全力咬住玛丽内特的小腿肚子。玛丽内特很痛，也很害怕，她还以为自己要被它吃掉了。但不管她怎么尖叫和挣扎，公鹅都紧咬着不放。黛尔菲娜跑过来，想让它松口。她拍它的头，拽它的翅膀和腿，结果只让它更加愤怒。最后，它松开了玛丽内特的小腿肚，转而咬住了黛尔菲娜，两个小家伙都哭了。在旁边的草地上，有一头灰驴竖着耳朵，伸长脖子往栅栏这边张望。它是一头非常善良的驴，几乎所有的驴都是这样，温和而有耐心。它很喜欢孩子们，尤其是小女孩。当她们嘲笑它的耳朵时，尽管它有点儿伤心，但是从不生气；相反，它还会和蔼地望着她们，露出微笑，就好像它自己也觉得，长着一对又长又尖的耳朵很有趣似的。隔着栅栏，它什么都看到了，什么都听见了，它对公鹅的傲慢和恶毒感到非常愤怒。小女孩们还在挣扎的时候，它就从远处朝她们大声喊：

"用双手抓住它的头，拎着它打转……啊！要是没有这道栅栏就好了……我跟你们说，抓住它的头！"可是小女孩们已经不知所措了，根本没有听懂它的建议。不过，她们能从驴的声音当中听出来它是自己的朋友。

她们一挣脱开来，就赶紧跑到了驴那里去避难。公鹅并不追赶，只是对着她们喊：

"我把球没收了，好教教你们怎么尊重我！"

果然，它把球叼在嘴里，在草地中转着圈儿，趾高气扬，头向后一直仰到了翅膀里面，全身只见一个大嗉囊，看上去真令人恼火。驴一向好脾气，可看到这它还是忍不住叫起来："看看这个大傻瓜，嘴里衔着球，神气活现的！我敢肯定……啊！一个月以前，在女主人把你的绒毛拔下来做枕头的时候，你可没这股神气劲儿吧！"

由于愤怒和羞辱，公鹅差点儿被球给噎住了。听了驴的话，公鹅胜利的喜悦瞬间全无，因为这话提醒了它，它的痛苦很快又会重新开始了：每年两次，农妇会拔掉它最细腻的绒毛，害得它脖子变得光秃秃的，小鸡们还会故意把它当成火鸡。

这时，公鹅看见了自己的家人，便不再转圈圈了，走到了草地上和它们会合。鹅妈妈领着六只小鹅摇摇摆摆地走过来。这些小鹅不坏，并不让人讨厌。只是它们看上去有点儿严肃，这实在跟年龄不符，但这也不算是什么缺点。它们的绒毛有黄和灰两种颜色，轻盈得如气泡一般。鹅妈妈是只挺善良的鹅，甚至，看着公鹅耀武扬威的样子，很替它难为情，不断地用翅膀把公鹅推开，还说着：

"喂，亲爱的，喂……喂……"

但是公鹅假装没有听到它的劝告，仍然把球叼在嘴里，领着鹅群来到草地中央。

最后，它停了下来，把球放在地上，对它的小鹅们说：

"这个玩具是我从两个坏女孩那里没收来的。她们竟然敢在我的草地上对我不尊重，我就把球拿过来了。喏，你们好好玩，等会儿我们一起去池塘。"

小鹅们靠近球，但并没有什么想玩的兴头，也不知道该怎么玩。它们还以为那是一只蛋，于是纷纷无聊地散开了。公鹅表示很不满意。

"我从来没见过这么愚蠢的鹅。"它训斥道,"真是倒霉,我还在想方设法给你们找乐子,结果,你们就是这么回报我的。不管怎么样,我非得教你们怎么玩球不可,你们必须得玩!"

"喂,亲爱的,喂……"鹅妈妈抗议道。

"啊!你还护着它们?那好,你也得一起来玩球!"

正如大家所看到的,公鹅对陌生人霸道,对家人也没好到哪里去。趁它在教鹅妈妈和小鹅玩球的时候,小女孩们从栅栏下面溜了过去,躲到驴旁边。公鹅咬人很痛,姐妹俩只能拖着腿走路,但是她们不再哭了,只有玛丽内特还在吸着鼻子。

"哼,"驴说,"这畜生!真是气死我了……要是我的话,看到小女孩们在我身边玩耍,我会很高兴……啊!这个粗鲁的家伙啊!……告诉我,它把你们咬得很疼是吗?"

玛丽内特给它看自己左腿上的一个红印。黛尔菲娜的右腿上也有一个。

"嗯,好疼好疼!就像被烫伤了一样。"

听到她们这么说，驴低下头，朝她们的腿吹着气。有这么一位善良的朋友，小女孩们觉得几乎不怎么痛了。小女孩们友好地抚摸着它的脖子，向它表示感谢。驴很高兴。

"你们也可以摸我的耳朵。"它说，"我看得出，你们想摸摸看。"

于是她们又抚摸着它的耳朵，发现驴耳朵上的毛竟然那么柔软，不禁有点儿惊讶。

"它们很长，不是吗？"它压低声音说。

"哦！有一点儿，"玛丽内特回答，"但还好，你知道……其实，它们非常适合你。"

"如果它们不是那么长，"黛尔菲娜补充道，"我觉得我可能就不会那么喜欢你了……"

"是吗？好吧，太好了。但是……"

驴犹豫了一下，担心如果一直讲耳朵的话，小女孩们会听烦了，于是决定谈点儿别的。

"刚刚公鹅咬你们的时候，你们没有听明白我的意思。我对你们大喊大叫，是想要你们抓住它的头，让它转圈圈。是的，就是应该用双手拎着它的头，转两三个圈。这是让它就范的最好方法。当它再站起来的时候，一定会搞不清楚方向，头晕目眩，几乎站不稳。被这样教训一通，它肯定不敢再咬人了。"

"这样很好，"玛丽内特说，"但要先抓住它的头，得冒着手被咬伤的危险……"

"确实，因为你们还是小女孩。不过，我要是你们的话，我会这样试试。"

但孩子们摇着头，说公鹅把她们吓坏了。突然，驴笑了起来，让她们往草地那边看过去。公鹅正在和家人一起玩球，它装作一副了不起的样子，又是推搡鹅妈妈，又是训斥小鹅，说它们笨拙。其实它自己才是这群鹅中最笨手笨脚的，而它却不害臊地说："看看我是怎么做的……照我这样来。"当然，它们没有手可以扔球，只能用脚踢，而且总是踢空。黛尔菲娜、玛丽内特和驴都哈哈大笑。公鹅每踢一下，她们都会大声喊一句："它没踢中！"……公鹅不想承认自己笨，假装没听到笑声和嘲讽。在踢了十次之后，它好不容易踢中了一回，公

鹅就一下子觉得自己无所不能了,于是对小鹅说:

"现在我要教你们怎么转两圈。鹅妈妈,你把球踢给我……你们都好好看看我是怎么做的。"

它面朝鹅妈妈后退了几步,鹅妈妈正准备一脚把球踢过去。公鹅确信所有目光都聚到了自己身上之后,微微鼓起肚子,喊:

"大家准备好了吗?……转两圈!"

鹅妈妈把球踢了出来,公鹅学着两个小女孩那样原地转圈。一开始,它转得很慢,后来它听到驴叫它再快一点儿,便忍不住飞快地转了起来,停不下来,一直转了三圈。可怜的公鹅转得晕乎乎的,脑袋和身子都摇来晃去,就这样走了几步,一会儿倒在右边,一会儿倒在左边,然后干脆瘫倒在了地上。驴笑得在草地上打滚,四脚朝天。小姑娘们也乐坏了。尽管小鹅们对鹅爸爸尊敬有加,还是忍不住咯咯地笑了起来。只有鹅妈妈笑不出来,它俯身朝公鹅靠过去,低声催促它站起来。

"喂,亲爱的,"它说,"喂……这样不行啊……有人看着我们呢。"

它好不容易才缓过神，但头还是有点儿痛，一时说不出话来。只要能开口，那它肯定会为自己的笨拙辩护。

玛丽内特想把球要回来。

"你看，这不是鹅玩的游戏。"她说。

"更不是公鹅玩的游戏。"驴说，"我们刚刚看得很清楚，你把自己搞得太滑稽了。好啦，快把球还给她们。"

"我说过，球被我没收了，"公鹅还击道，"绝不可能再还给你们了。"

"我早就知道你是个粗鲁的家伙，是个骗子。真的，你是个不折不扣的小偷。"

"我什么也没偷，我草地上的一切都是我的。够了！让我安静一会儿。一头母驴也配教训我？"

听到最后这句话，驴低下头，再也不敢说话了。它既羞愧又伤心，偷偷地望着小姑娘们，不知道该怎么办才好。黛尔菲娜和玛丽内特没注意到驴的反应，她们还在因为讨不回球而感到沮丧。

她们又一次请求公鹅把球还给她们，但是它根本不听。它要带着一家子去池塘玩水了，还命令鹅妈妈把球叼在嘴里带着一起去。池塘就在草地后面，靠近森林边。它和小鹅们排成一列从栅栏前走过，小姑娘们和她们的驴朋友就站在栅栏另一边。就在这时，一只喜欢提问的小鹅，指着妈妈嘴里叼着的球，问这是什么鸟下的蛋。它的兄弟们哈哈大笑起来，公鹅严厉地说：

"嘿，给我闭嘴。你可真是头驴啊！"

它故意说得很大声，还往旁边瞥了一眼。驴心里受到了打击。它不想为这种事伤心，但是它的耳朵不由自主地垂在了脑袋两边，眼睛里噙着泪水，膝盖不停地发抖。

眼看着两个小女孩快要哭了，又听见玛丽内特已经在抽鼻子了，驴只好尽力忘掉自己的悲伤来安慰她们。

"你们的球丢不了的。你们知道要怎么做吗？等公鹅到池塘以后，你们就过去。它肯定会把球留在池塘边上，你们只要把球拿回来就好了。我会告诉你们什么时候过去。趁这会儿，我们再聊一聊吧。正好，我想跟你们说……"

驴叹了口气,咳了咳,清了清嗓子。它看起来很尴尬。

"好吧!"它说,"刚刚,公鹅叫我母驴……啊!我知道这只不过是种称呼,但是它说这个词的态度不一样。然后刚才从我们身边走过时,它还对一只小鹅说'你可真是头驴啊',就是骂它是个傻瓜。你们还记得这回事吗?我想知道为什么,当大家骂别人愚蠢时,总是说'这是一头驴'?"

小女孩们不禁脸红了,因为这个辱骂别人的词她们也经常用。

"啊,"驴继续说,"我听到有人说,在学校里,如果一个孩子什么功课都不懂,老师就会让他站在角落,头戴一顶驴耳纸帽!好像世界上没有什么比驴更愚蠢的动物了!你们知道吗,我真的很苦闷。"

"我觉得,这确实不是很公正。"黛尔菲娜回答。

"难道我比公鹅还笨吗?你们也这样觉得吗?"它问道。

"没有……没有……"

虽然她们嘴上这样否认，但是心里没把握，因为她们已经听惯了别人说驴很蠢，所以不免觉得这话也有几分道理。驴明白，它没有办法说服她们。如果没有证据，她们是不会相信的。

"好吧，算啦，"它叹息道，"算啦……我的孩子们，我想你们该去池塘那边了。祝你们好运！如果你们没有拿到球，请告诉我一声。"

到了池塘，小女孩们才发现她们根本不可能把球拿回来。公鹅绝对没有驴说的那么傻，因为它早有准备，把球带到了池塘中央，球漂在小鹅旁边。小鹅们比刚在草地上玩得好多了，它们比赛看谁先碰到球，把球藏在翅膀下。小女孩们看着它们嬉戏玩耍，也觉得很开心。公鹅不再是那个在草地上滑稽可笑的笨家伙了，它游刃有余，既优雅又自豪，似乎变了个样。小女孩们尽管埋怨它，但还是不由地赞叹起来。不过，它还是那么坏，指着球对她们喊：

"哈！哈！你们以为我会把它留在岸上对吧？我可没那么蠢！我把它藏起来了，你们还是拿不到！"

公鹅可没提起，它那么讨厌这个球，所以一到池塘就把球扔进了水里。它本以为球会像一颗小鹅卵石一样沉到池塘底下去，看到球在水面上漂起来时，它非常吃惊。但是在小姑娘们面前，它太傲慢了，绝不会承认自己丢脸的事。黛尔菲娜又一次试图打动它，让它心软，于是很有礼貌地跟它说：

"来吧，公鹅，讲点儿道理好嘛，把球还给我们……不然我们的爸爸妈妈会责骂我们的。"

"如果他们骂你，那就最好不过了。你们会知道，在我的草地上那么没规矩，要付出什么样的代价。要是遇到你们的爸爸妈妈，我会告诉他们，他们的女儿真没家教。我倒想看看，如果我的小鹅未经他们允许，就敢去他们家里玩，他们会怎样对待它们。幸亏，我亲爱的小鹅知道应该怎么做，那都是我教导有方。"

"闭嘴吧你，你只会说些蠢驴话。"玛丽内特一边耸耸肩膀一边朝它骂道。

说完，她立刻咬住了嘴唇，后悔不该说这样冒犯驴的话。

"蠢驴话?"公鹅叫道,"无礼的家伙!让我来修理修理你们的小腿,看我从水里出来怎么收拾你们。"

它已经向岸边游过来了,腿上还有咬痕的小家伙们拔腿就跑。

"哈!跑得好,"公鹅说,"不然我真会把你们咬得出血!至于球的话,你们别指望能再见到它了。我想到了一个非常好的藏球之处!太妙了,谁也找不到它。"

小女孩们一路跑回家。她们不敢去驴那里,因为玛丽内特想起自己刚刚不小心说了驴的坏话,感到特别懊悔。另外,天气突然变了,变得很冷。天空没了云彩,从北方吹来一阵凛冽的寒风,吹得她们两腿发麻。黛尔菲娜和玛丽内特本以为会挨骂,但是爸爸妈妈根本没注意到她们没把球带回来。

"往年的这个时候,还从来没有这么冷过。"爸爸说,"我想今晚会非常冷。"

妈妈说:"幸好,这种冷天不会持续很久,现在月份还早。"

离开池塘的路上,公鹅和它的家人又从驴的栅栏旁经过。鹅妈妈用嘴叼着小女孩们的球，小鹅向鹅爸爸抱怨天气冷。

"啊！啊！我知道你不想把球还回去！"驴说，"但我希望明天你会还。"

"明天也不还，后天也不还。"公鹅没好气地说，"我要把它藏起来，我要马上把它藏到一个安全的地方，这个地方只有我知道。"

"公鹅藏东西的地方，应该不用费多大劲儿就能找到吧。"

"不管怎么样，不是你这种小驴能找得到的！"

"哼！"驴回它说，"我才懒得费劲去找……我知道怎么让你把球还回去，而且还不用我费劲！"

"我倒很想看看。"公鹅讥笑道。

说完，它转身去追家人，但走了几步之后，它停在了那里，不怀好意地说：

"那两个小孩真让人受不了。刚刚，我听到她们对一个胡言乱语的人说，'闭嘴吧你，你只会说些蠢驴话'。真的，她们就是这么说的。"

"那个胡言乱语的人,肯定是你!"

公鹅一言不发地走了,但明显它很生气。现在只剩下驴自个儿留在篱笆边,思量着小女孩们说的话。突然,驴笑了起来,因为一个念头从它那被寒冷冻僵的耳尖里冒了出来。

第二天早上,它早早地就到了草地上。天气很冷,很长时间没这么冷过了。驴站在栅栏边,四只蹄子跳来跳去地来取暖。看到小女孩们要去上学,它大声叫住她们。小女孩确定公鹅不在草地上,才走过来和驴打招呼。

"孩子们,你们的爸爸妈妈骂你们了吗?"它担忧地问。

"没有,"玛丽内特说,"他们还不知道球丢了。"

"放心好了,孩子们。我可以向你们保证,明晚公鹅就会把球还给你们。"

孩子们走了还不到五分钟,驴就看到公鹅来了,它走在鹅群的最前面。驴向鹅全家问好,并问鹅妈妈,这么早它们要去哪里。

"我们早上都要去池塘洗澡。"它回答。

"我亲爱的善良的鹅,"驴说,"我很抱歉,但我已经决定,今天早上不让你们洗澡了。"

公鹅笑了起来,用不屑的语气说:

"你以为,只要你决定了,我就会服从吗?"

"我不知道你是怎么想的,但你必须服从我。因为昨天晚上,我把池塘盖住了。如果你不把球还给小女孩们,我是不会打开盖子的。"

公鹅以为驴疯了,就对小鹅说:

"来吧,我们去洗澡。我不明白为什么要听这个疯子在这里胡言乱语。"

一看到池塘,小鹅就高兴地尖叫着,它们说水面从来没有这么光亮过。公鹅从来没见过冰,甚至也没听说过冰,因为去年冬天太暖和了,哪儿都没有结冰。它也觉得这里的水比往常更美,开心极了。

它说:"这样我们就能洗个舒服的澡了。"像往常一样,它走在最前面,但当它一滑进池塘,碰到透明的冰,就吓得尖声大叫。原本它应该漂浮在水面上,而此刻公鹅居然像走在坚硬的岩石上。在它身后,母鹅和小鹅也都目瞪口呆。

"它真的把池塘盖住了吗？"公鹅嘟囔着，"但是这不可能啊……我们去更远一点儿的地方找水。"它们来回穿过池塘好几次，却发现，不管走到哪里，脚下都是像金属般冰冷的表面。

"它确实盖住了我们的池塘。"公鹅不得不承认这个事实。

"好烦啊！"母鹅说，"要是一整天不洗澡，真是够郁闷的，尤其对孩子们来说。你应该把球还回去……"

"别管我，我知道该怎么做。最重要的是，这个事情，大家保密……不要让任何人知道我被一头母驴戏弄了。"

鹅群回到家禽饲养场，躲在一个角落里。为了躲过驴的栅栏，它们绕了个大弯，但驴远远地朝它们喊：

"你会还球吗？我要把池塘的盖子打开吗？"

公鹅没有回答，它太傲慢了，一下子还不肯做出让步。整个上午，它的心情都很差，一口饲料都没吃。快到下午时，它开始想，驴怎么可能把池塘盖住？难道这一切都是自己做的噩梦？犹豫了很久，它还是决定去看看，必须去证明一下自己之前不是在做梦。果然，池塘里没有一滴水。在过来和回去的路上，驴还在追问它是否准备把球还回去。

"及早做决定哦，不然可就晚了！"

公鹅还是骄傲地把头抬得高高的。终于，第二天早上，它决定去谈判。不过它不愿意自己去，只是把鹅妈妈派到驴那里。黛尔菲娜和玛丽内特刚好也在场。今天没有昨天那么冷，池塘上的冰已经开始融化了。

"我亲爱的善良的鹅，"驴假装生气地说，"在拿回球之前我什么都不想听。您可以把这句话带给您丈夫。我为您感到遗憾，毕竟您的心肠不坏，但是公鹅太固执了，它让自己的全家跟着受罪。"

鹅妈妈迈着大步走了，小姑娘们一直憋不住想笑，现在终于可以尽情地笑个够了。

"但愿公鹅在做决定之前，不会再去池塘上转了。"黛尔菲娜说，"如果去池塘的话，它会发现盖子正在融化。"

"别担心,"驴说,"待会儿它会乖乖带着球来还的。"

果真,公鹅很快就领着它那群鹅走过来了。它把球叼在嘴里,气冲冲地把球扔过栅栏。玛丽内特把球捡起来,公鹅正要往池塘走去,但驴很不客气地叫住它。

"这事还没完,"它说,"你前几天咬了这两个小女孩,现在是时候向她们道歉了。"

"哦!不用,没那个必要。"小女孩们推辞着。

"不行,我要求它道歉。除非它求得你们的原谅,否则我是不会打开池塘的。"

"我?道歉?"公鹅大叫道,"啊!绝不!我宁愿一辈子不洗澡!"

它马上带着全家返回了农场,试图用泥泞的水坑替代池塘。它坚持了整整一个星期,最后还是决定去道歉。而这时,池塘上的冰已经融化六天了。天气很热,就好像到了春天。

"请原谅我咬了你们的腿。"公鹅气极了,说话都变得结结巴巴,"我保证不会再咬了。"

"很好，"驴说，"我现在就打开池塘，你们可以去洗澡了。"

那天，公鹅在池塘里洗了很长时间。当它回到农场时，它的糗事早就被传开了，它不得不忍受所有动物的奚落。所有的动物都很惊讶，公鹅竟然这么愚蠢，而驴子却是那么地聪明。因此，从那天起，大家就不再说驴愚蠢了。相反，当我们要称赞一个人聪明时，就会说他像驴一样机灵。

驴与马

黛尔菲娜和玛丽内特躺在各自的床上,因为照进来的月光很明亮,所以她们一时还没睡着。

"你不知道我想变成什么吧?"玛丽内特问。她的头发比姐姐的更金亮一些。"一匹马。是的,我想成为一匹马。我会有四个好蹄子,有马鬃和马尾巴,跑得比谁都快。当然,我要当一匹白马。"

"我呢,"黛尔菲娜说,"我没那么多要求,我只要成为一头脑袋上有白斑的灰驴就好了。我也会有四个蹄子,两只大耳朵,我还可以让耳朵动来动去,可好玩了。最要紧的是,我会有一双温柔的眼睛。"

她们又聊了一会儿,最后一次表达了愿望:玛丽内特要做一匹马,黛尔菲娜要做一头脑袋上有白斑的灰驴,说完后就慢慢进入了梦乡。一小时后,月亮落山了,随之而来的是一个从未有过的漆黑的夜晚。第二天,村子里好几个人都说,他们在黑暗中听到了铁链的声音,同时还听到了轻轻的小鼓声和暴风雨的呼啸声，尽管昨晚根本就没有刮风。猫大概有所预感，它几次从小女孩们的窗下走过，拼命叫她们，但她们睡得太沉了，根本没听见。猫把狗派过去，也没有把她们叫醒。

清晨，玛丽内特半睁开眼睛，仿佛看见姐姐的床上有两只毛茸茸的大耳朵在枕头上动来动去。她自己也感觉睡得很不舒服，好像被床单和毯子缠住了。不过，强烈的困意还是压过了好奇心，她又合上眼睡着了。黛尔菲娜也很困，她瞟了一眼妹妹的床，发现妹妹的床单下鼓得特别高。然而，同样的，她也继续睡着了。过了一会儿，她们完全醒了，斜着眼睛往下看过去，觉得自己的脸似乎变长了，变了样。黛尔菲娜把头转向玛丽内特的床，不禁大叫了一声。她本以为会在枕头上看到妹妹满头的金发，却没想到看到了一个马头。而玛丽内特则看到对面有一张驴脸，她也惊呆了，失声尖叫。两个可怜的姐妹，转动着大大的眼睛，从被单中伸出脖子，仔细看着对方，不明白到底发生了什么。两个人都想知道自己的姐妹去哪儿了，为什么一只家畜出现在床上。玛丽内特几乎想笑出来。她仔细检查了下自己，看到自己的胸膛和腿上长满了毛，还长着蹄子，顿时明白了：昨晚许下的愿望实现了。黛尔菲娜看了看自己的灰毛、蹄子，还有白床单上的长耳朵影子，也明白怎么回事了。她叹了口气，但是这声叹气从那软软的嘴唇里发出来，却变成了响亮的声音。

"玛丽内特，是你吗？"她用一种自己都认不出来的颤抖的声音问。

"是我啊。"玛丽内特说，"黛尔菲娜，是你吗？"

她们费了很大的劲儿才从床上爬了下来，四肢着地。黛尔菲娜现在变成了一头漂亮的小驴，比妹妹小得多。因为妹妹变成了一匹结实的佩尔什马，足足比姐姐高出了一个头。

"你身上的毛很漂亮，"黛尔菲娜对妹妹说，"如果你看到了自己的鬃毛，我想你会很高兴的……"

但是，这匹可怜的大马并不想要奔跑。它望着昨晚放在床边椅子上的小裙子，一想到可能再也穿不进去了，它就很难过，四肢发起抖来。灰驴尽力安慰它，但是说什么都没用，于是它用自己的嘴巴和又大又软的耳朵，蹭蹭马的脖子。当妈妈进屋时，它们俩挤作一团，马低着头靠在小驴身上，它们谁也不敢抬头。妈妈觉得女儿们太奇怪了，竟然把这两头不是自家的动物带到房间来，非常不高兴。

"请问，我的两个疯姑娘去哪儿了？一定是藏在卧室里了，她们的衣服还在椅子上呢。快点儿，快出来！我没有心情陪你们玩……"

见女儿们不出来，妈妈就去床边翻翻找找，当她俯身往床底下看的时候，听到了喃喃的叫声：

"妈妈……妈妈……"

"哎，哎，我听到了……来吧，你们出来。我要告诉你们，我可要生气了……"

"妈妈……妈妈……"她又听到了。

妈妈没听出这些可怜的嘶哑的声音是谁发出来的。她在屋里找不到女儿们，便转过身去问驴和马。驴和马悲伤地盯着她，她不禁愣住了。驴先开口了："妈妈，"它说，"别找玛丽内特和黛尔菲娜了……你看到这匹大

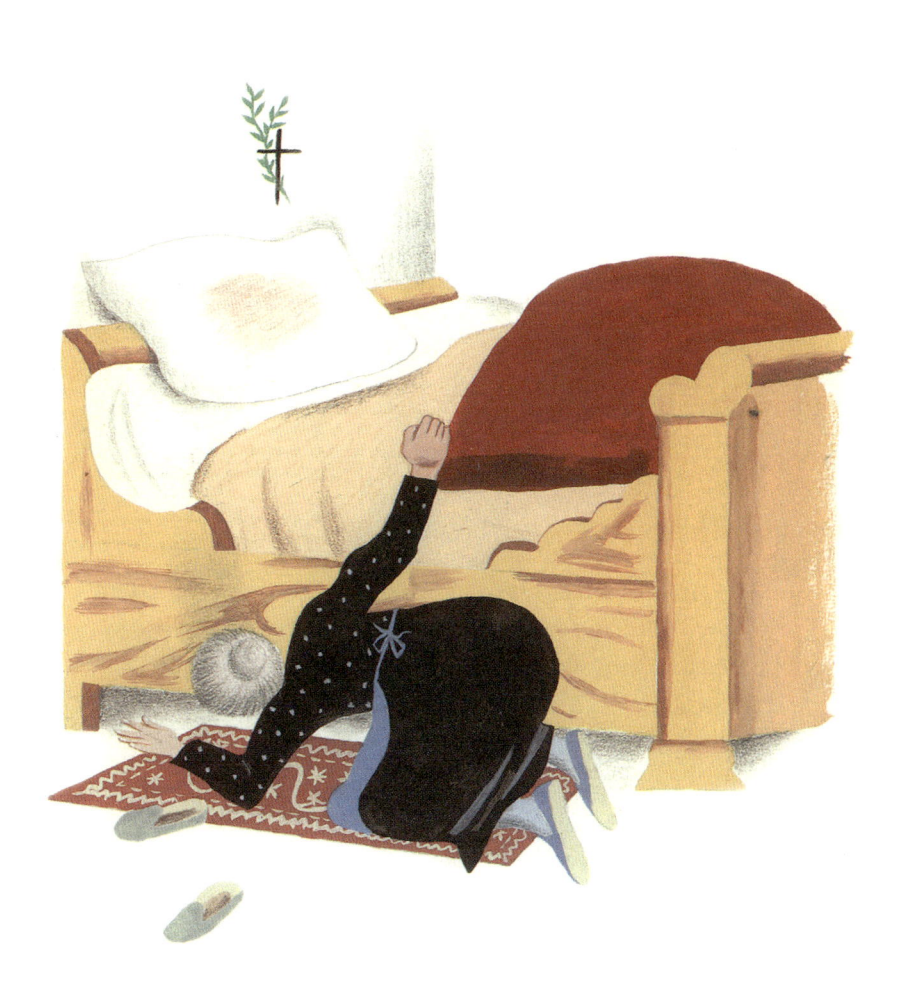

马了吗？它就是玛丽内特，我就是黛尔菲娜。"

"你们在跟我瞎说什么呢？我看得出来，你们不是我的女儿！"

"不，妈妈，"玛丽内特说，"我们是你的两个女儿……"

可怜的妈妈终于听出了玛丽内特和黛尔菲娜的声音。它们把头靠在她的肩上，和她一起哭了很久。

"你们在这儿等一下，"她说，"我去叫爸爸来。"

爸爸来了，也哭了好一会儿，然后他开始考虑女儿们变成这样以后该怎么生活。首先，它们不可能再住在自己的房间里了，对于体格这样大的动物，房间太窄小了。最好是把它们安置在牲口棚里，放上一堆垫草和一个喂草架，里面装满干草。爸爸走在它们后面，跟着它们进了院子，他看着马，心神恍惚，轻轻地说了一句：

"还真是头漂亮的牲畜呢。"

天气好的时候，驴和马不怎么待在牲口棚里，它们喜欢去草地上。在那里，它们一边吃草一边回忆着自己曾经是两个小女孩时的故事。

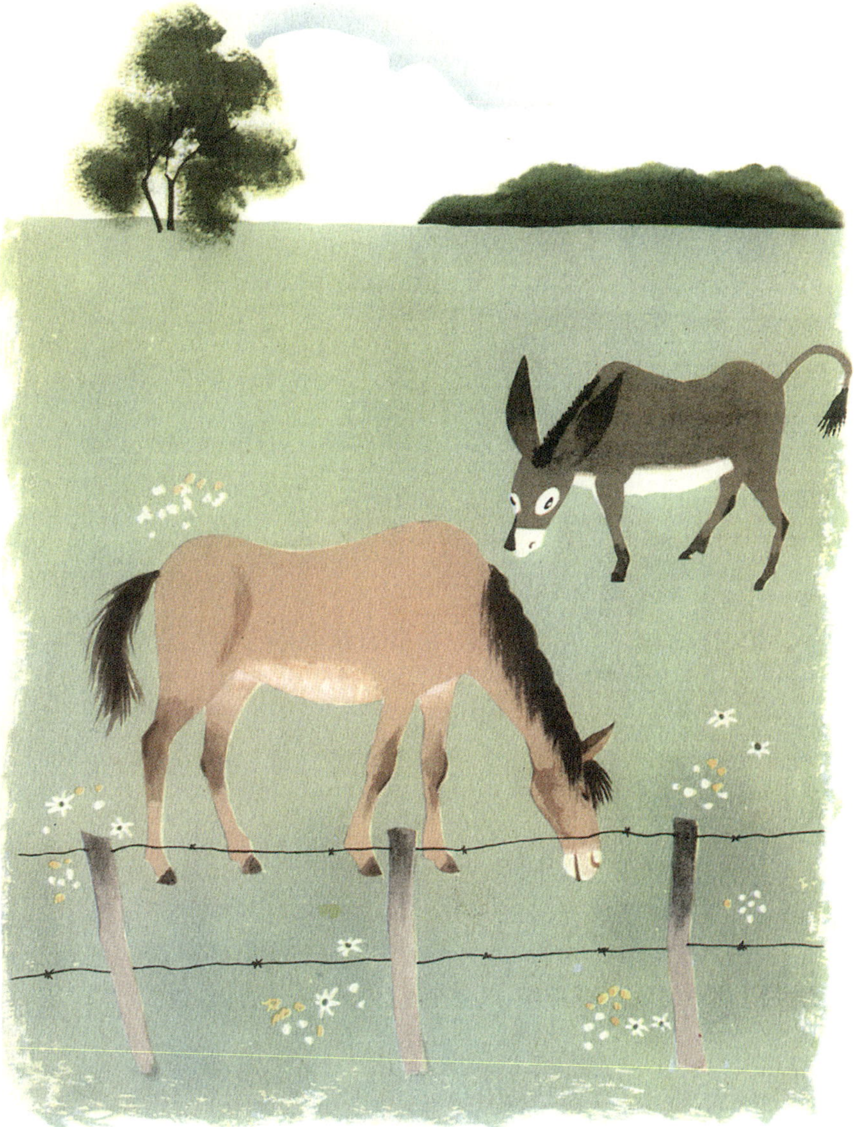

"你还记得吗?"马说,"有一天,我们在这片草地上玩,一只公鹅走了过来,抢走了我们的球。"

"它还咬了我们的小腿肚子……"

说着说着,两只动物都潸然泪下。爸爸妈妈吃饭的时候,它们也会来到厨房,坐在狗的旁边,用温柔的目光注视着他们的一举一动。但是,几天之后,它们听到爸爸妈妈说自己太大、太笨重了,不该再去厨房。此后,它们只好待在院子里,从窗户外向屋里探过头去,看看里面的情况。对于黛尔菲娜和玛丽内特身上发生的这种怪事,爸爸妈妈很是悲伤,但一个月以后,他们就不再想这件事了,看到驴和马,他们也习以为常了。总之,他们没那么关心它们了。比如,妈妈不再像刚开始几天那样细心地用玛丽内特的丝带去绑马鬃,或在驴腿上系一块手表。有一天,爸爸心情不好,在他吃午饭时,两只动物从半开着的窗户探过头来,爸爸发现后冲它们喊:

"喂,你们俩给我出去!总是盯着厨房,这可不是动物该干的事……还有,你们一天到晚在院子里闲逛干什么?这让家里成什么了?昨天,我还看到你们在花园里，就更不像话了！从现在起，你们就给我待在草地上或牲口棚里。"

它们垂着头，无比伤心地走开了。从那天起，它们就小心翼翼地避免出现在爸爸经过的路上，几乎只会在爸爸来牲口棚放垫草的时候才和他碰面。它们觉得，爸爸妈妈比以前更可怕了，也一直感觉自己像犯了什么罪一样。

一个星期天的下午，它们正在草地上吃草，突然看见阿勒弗雷德叔叔来了。他从远处向爸爸妈妈喊：

"嗨！是我啊，阿勒弗雷德叔叔！我来问候一下你们，也来抱抱两个小女孩……可是，我怎么没看到她们呢？"

"真不凑巧，"爸爸妈妈回答说，"她们刚好去了珍妮姨妈家！"

驴和马想告诉阿勒弗雷德叔叔，小女孩们没有离开家，而是变成了两只可怜的牲畜，就在他眼皮底下。可能他也不能改变它们的状况，但至少可以陪它们哭一场。对它们来说，这就够了。但它们不敢说话，怕惹爸爸妈妈生气。

"唉,"阿勒弗雷德叔叔说,"没看到两个金发小妞,我真遗憾呐……咦,你们什么时候有了这么漂亮的马和驴?我从来没有见过,你们上次的信中也没提到。"

"它们到牲口棚还不到一个月呢。"

阿勒弗雷德叔叔抚摸着这两只动物,看到它们温柔的目光,还有它们那么急切地伸出脖子来给他抚摸的样子,他不禁吃了一惊。当马在他面前跪下来开口说话的时候,他更惊讶了。

"阿勒弗雷德叔叔,您一定很累了吧。到我背上来,

我驮着您去厨房。"

"把您的伞给我吧，"驴说，"这样您就不用拿着了，挺不方便的。您把它挂在我的一只耳朵上吧。"

"你们真是太好了，"叔叔回谢道，"只有这么点儿路，就不麻烦你们啦。"

驴叹了口气说："不麻烦，我们会很开心的。"

"嘿，"爸爸妈妈打断它们，"让你们的叔叔安静一会儿吧。到草地那头去，叔叔已经看够你们了。"

叔叔听见爸爸妈妈口口声声对驴和马说"你们的叔叔"，感觉有点儿怪怪的。但是，因为这两只动物特别友好，所以叔叔一点儿也没觉得被冒犯。在朝屋子走去时，他好几次回头，挥着伞向它们告别。

很快，饲料没以前那么充足了，干草少了很多。因为耕牛要下地干活儿，奶牛得产奶，所以要特别照顾，先供应它们。至于燕麦，驴和马已经有好长一段时间没见着了。为了让草生长，好收割干草，它们甚至不能再去草地，只能在沟渠和斜坡上找草吃。

爸爸妈妈养不起这么多牲畜，决定卖掉牛，让驴和

马干活儿。一天早上,爸爸把马套在车上,妈妈则让驴驮着两袋蔬菜去城里的集市。第一天,爸爸妈妈还很有耐心;第二天,他们也只是稍微说了驴和马几句;后来,就越骂越凶了,甚至大发脾气,破口大骂。马吓得不知道该往哪儿走,方寸大乱。于是爸爸粗鲁地拉它的缰绳,马痛得发出一声嘶叫,它的嘴被马嚼子勒伤了,实在痛得厉害。

有一天,马车到了一个陡峭的山坡上,马累得气喘吁吁,艰难地前进着,不断地停下来歇歇。要拉的马车太重了,它以前没有受过这样的训练。爸爸坐在车上,手里拿着缰绳,感到非常不耐烦,因为马车又慢又不断地停下来,要重新上路只会更费劲。他抱怨了几句,然而马并没有加快速度,于是他开始大骂了起来,并说自己从未见过这么糟糕的劣马。马一激动就突然停了下来,四肢发软。

"吁,走吧!"爸爸叫道,"吁!你等着瞧,我有办法让你走的！"

爸爸怒气冲冲，扬起鞭子抽了它几鞭。马并没有呻吟，它把头转向爸爸，看着他，眼神是那么地悲伤。爸爸见了，一下子满脸通红，鞭子也从手上掉了下来。他从车上跳下去，搂着马脖子，请求它的原谅，原谅自己刚刚这么冷酷无情。

"我忘了你是我的女儿了。你看，好像，我只是在和一匹普通的马打交道。"

"但是，"马说，"即使是一匹普通的马，也不应该用鞭子抽它抽得这么厉害。"

爸爸答应，以后会注意，不会再这么暴躁了。接下来好长一段时间，他都不用鞭子了。但有一天，因为赶时间，爸爸耐不住性子，又狠狠地用鞭子抽了马的腿。

很快爸爸的老毛病又犯了，他几乎连想都不想就开始抽他的马。当他感觉有点儿内疚时，便耸耸肩说：

"有马也好，没有马也好，但重要的是，有了马就得让马听话。"

驴的处境也好不到哪儿去。每天早晨，不管刮风下雨,它都要驮着沉重的东西去城里赶集。下雨的时候,妈妈自个儿打着伞,她可不管驴的毛有没有被淋湿。

"在以前,"它说,"当我还是个小女孩的时候,你不会让我这样淋雨的。"

妈妈说:"如果我们待你要像待孩子那样小心翼翼的,那你就没什么用了。我也不知道我们该拿你怎么办。"

就像其他驴那样,它脾气很固执。有时在十字路口,它突然停了下来,不知道为什么就不肯往前走了。妈妈试图温柔地说服它。

"走吧,"她抚摸着它说,"乖乖的,我的小黛尔菲娜。你一直是个好孩子,听话的孩子……"

"已经没有小黛尔菲娜了。"它平静地说,"这里只有一头不肯走的驴。"

"好了,别这样固执嘛!你很清楚这样做,对自己没有好处。我数到十,你仔细考虑考虑。"

"我都考虑清楚了!"

"一、二、三、四……"

"我是一步都不会动的。"

"……五、六、七……"

"就是割掉我的耳朵我也不走。"

"……八、九、十!"

它的背上挨了一顿棍子,最后还是得走。对于驴和马来说,新生活中,最痛苦的还是它们必须要和对方分开。以前,无论在学校还是在家里,黛尔菲娜和玛丽内特从来没有离开过对方超过一个小时。但是,变成驴和马之后,它们白天各自干各自的活儿,晚上回到牲口棚时,它们已经筋疲力尽了,只有在睡觉之前,才能互相发发牢骚。它们急切地等着星期天休息。那天,它们不用干活儿,可以待在外面或牲口棚里。经爸爸妈妈同意,它们可以玩布娃娃,在马槽里用稻草铺个床,让娃娃睡在上面。因为没有手来抓住娃娃,所以它们既不能哄娃娃睡觉、给它穿衣服、给它梳头,也不能像从前做小女孩时那样照顾娃娃。只能看着娃娃,和它说说话。

"我是你的妈妈玛丽内特。"马说,"啊!我看得出来你觉得我有点儿变化。"

驴说:"我是你的妈妈黛尔菲娜。不要一直盯着我的耳朵呀。"

下午，它们一边沿着小路去吃草，一边抱怨着它们的不幸遭遇。马的情绪比驴更激动，对主人相当不满。

"令我吃惊的是，"它说，"其他动物竟然能接受这样的虐待。我们是一家人，还多少好一点儿！但是我很清楚，如果他们不是我的爸爸妈妈，我早就逃了。"

说着说着，马忍不住哭起来，驴也使劲地啜泣着。

一个星期天的早晨，爸爸妈妈带了一个粗声大气、穿着蓝色工装的男人进了牲口棚。那人在马面前停了下来，对跟在身后的爸爸妈妈说：

"就是这匹马。就是那天我在路上看到在小跑的那匹马。哈！我记性好着呢，无论哪匹马，只要我见过一次，从一千匹马中我也能认出它来。当然，吃我这行饭的就得有这个本事。"

他哈哈大笑，友好地拍了拍它，又补充说：

"它比别的马都漂亮。直说吧，我喜欢这匹马。"

"我们带您来看，纯粹是让您高兴一下，看看而已。"爸爸妈妈说，"至于其他的，就不要指望了。"

"大家总是这么说,"那人说,"然而最后还是会改变主意的。"

他围着马转了几圈,仔细检查了一番,摸摸它的肚子和四肢。

"您还没有看完吗?"马对他说,"我真不喜欢这样!"

那人只是笑了笑,然后翻开它的嘴唇,开始检查它的牙齿。然后,他转向爸爸妈妈,对他们说:

"我出两百怎么样?"

"不,不,"爸爸妈妈摇着头说,"两百不行,三百也不行……不要费劲了!"

"如果我出五百呢?"

爸爸妈妈迟疑了一下,他们涨红了脸,不敢看他。

"不,"妈妈终于低声说了出来,声音低得大家几乎听不见,"哦,不。"

"如果我出一千呢?"穿工装的人喊道。他的声音很大,像个怪物,吓着了马和驴。"嗯?如果我再多出一千呢?"

爸爸想回答点儿什么，但他的声音被卡住了，只是咳了几声，向那人示意他们去外面谈会比较方便。他们走到院子里，很快就谈成了。

"价钱说好了，"那人说，"但在我买走之前，我想看它在我面前走一走，跑一跑。"

睡在井沿上的猫一听到这句话，赶紧进到牲口棚，凑在马的耳边说：

"主人把你带到院子里去的时候，那个人会盯着你，你最好一瘸一拐地走。"

马按照猫的忠告做了，它一跨过门槛，就假装腿很痛，开始一瘸一拐地走。

"喂，喂，喂！"那个人对爸爸妈妈说，"你们可没告诉我它腿瘸。这下，我要改变主意了。"

"可能它只是在闹情绪。"爸爸妈妈说，"早上的时候它的四条腿还好好的。"

可是那个人什么也不想听，看也不看马就走了。爸爸妈妈把马和驴牵回了牲口棚，心情很不好。

"你是故意的！"爸爸责备道，"啊！这匹该死的劣马，我敢肯定它是故意的！"

"该死的劣马？"驴说，"就这样叫自己的小女儿好听吗？更何况，这个小女儿还给她的爸爸妈妈卖命呢！"

"谁会在乎一头蠢驴怎么想？"爸爸回答，"但是，反正今天也没事做，我就费点儿功夫来回应一下你的无礼好了。按你的说法，好像我们真成了马和驴的爸爸妈妈。如果你认为我们能相信这样一个愚蠢的谎言，那你就大错特错了。你随便去问问，任何一个稍微有点儿理智的人，要是听到两个小女孩一个变成了马，一个变成了驴，他一定会耸耸肩，当作没听见一样。事实呢，就是你们不过是两只动物，仅此而已。我甚至不能说你们是模范动物，你们还差得远呢！"

刚开始，驴找不到话来反驳，看到自己被爸爸妈妈这样抛弃不认，它伤心极了。它走过去用自己的头蹭蹭马的头，告诉它，就算爸爸妈妈忘记了它，它还可以依靠牲口棚里的这个伙伴。

"尽管我有四条腿和一对大耳朵，但我依然是你的姐姐黛尔菲娜！"

马问："妈妈，你也不相信我们是你的女儿对吗？"

"你们是两只善良的动物，"妈妈有点儿尴尬地说，"但我知道你们不是我的女儿。"

"你们一点儿也不像她们。"爸爸说，"好了，就到此为止吧！老婆，我们走吧。"

爸爸妈妈转身要离开牲口棚，驴从他们背后喊道：

"既然你们那么肯定我们不是你们的女儿，那你们的女儿在哪儿呢？我看你们也不怎么担心，真够马虎的。这对爸爸妈妈可真奇怪，他们发现自己的两个女儿在一天早上消失了，竟然不怎么担心！你们去井边、沼泽地里和森林里找过她们吗？你们去飞行营地找过她们吗？"

爸爸妈妈没有回答，但当他们出门走进院子里时，妈妈叹了口气说：

"但……假如真的是两个小家伙呢？"

"不可能！"爸爸吼道，"你在说什么啊！别再说那些愚蠢的话了。我们从未见过一个孩子，甚至一个成年人，变成驴子或任何动物。起初，我们太单纯了，居然相信这些动物告诉我们的一切，但如果我们再相信它们说的胡话，那就太可笑了！"

爸爸妈妈假装对整件事情没有丝毫怀疑，也许他们是真的不再怀疑了。但不管怎么说，他们还是没有去任何地方打听，去问别人是否见过黛尔菲娜和玛丽内特，也没有把她们失踪的事告诉任何人。别人如果问起两个小女孩，他们就说她们和珍妮阿姨住在一起。有时，当爸爸妈妈在牲口棚里的时候，驴和马会给他们唱一首小曲，那是爸爸以前教两个孩子唱的。

"这是你教我们唱的那首歌，你没听出来吗？"它们问。

"是的，"爸爸答道，"我知道，但是这首歌到处都可以学到。"

几个月辛苦的劳作之后，驴和马终于也忘记自己曾经是谁了。即使偶尔想起，它们也会半信半疑，觉得那就像是一个故事而已。此外，它们的记忆也越来越混淆不清。它们都声称自己是玛丽内特，有一天它们还为此吵了起来。之后，它们决定再也不提这件事了。它们更关心的是每天干的活儿，也觉得被主人打是天经地义的事情。

"今天早上，"马说，"我的腿上挨了一鞭子，可我没有躲开。因为确实，我从来没有那么粗心过。"

驴说："我总是因为老毛病才挨打，我得改一改我固执的脾气。"

它们不再玩布娃娃，也不明白布娃娃怎么可以被当成玩具来玩。现在，到了星期天，它们也并没有觉得更开心。它们彼此之间没什么话可说了，更加觉得休息的日子无聊又漫长。它们打发时间最好的办法就是争论驴叫好听，还是马叫好听。争论到最后，它们总是气得互相辱骂，骂对方是蠢驴和劣马。

爸爸妈妈倒是对马和驴渐渐满意起来。他们说从未见过如此温顺的牲畜，还称赞它们活儿干得好。事实上，这些动物的劳动使他们富裕起来，他们每人给自己买了双鞋。

一天清晨，爸爸走进牲口棚给他的马喂燕麦，眼前的景象却使他大吃一惊：躺在稻草上的不再是那两头牲畜，而是两个小女孩——黛尔菲娜和玛丽内特。爸爸简直不敢相信自己的眼睛，同时心里暗暗可惜着他可能再也见不到他的马了。他急忙告诉了妈妈，然后和她一起回到牲口棚，把两个还在熟睡的小女孩抱回去，放到她们的床上。

黛尔菲娜和玛丽内特醒来时，正是要去上学的时间。她们像个傻瓜一样，几乎不知道怎么使用自己的双手，在课堂上只知道说些蠢话，答非所问。老师说从没有见过这么笨的孩子，给她们每人打了十个低分。对她们来说，今天可真是倒霉的一天。看到成绩单，爸爸妈妈大发雷霆，罚她们晚餐只能吃干面包和水。

幸亏，没过多久，小家伙们就恢复到了以前的状态。她们在课堂上表现得很好，每次都能拿到好成绩。在家里，她们也很听话，真的是无可挑剔，除非爸爸妈妈故意挑刺。爸爸妈妈现在很高兴，因为他们找回了两个深爱的女儿。说到底，他们还是对很了不起的父母。

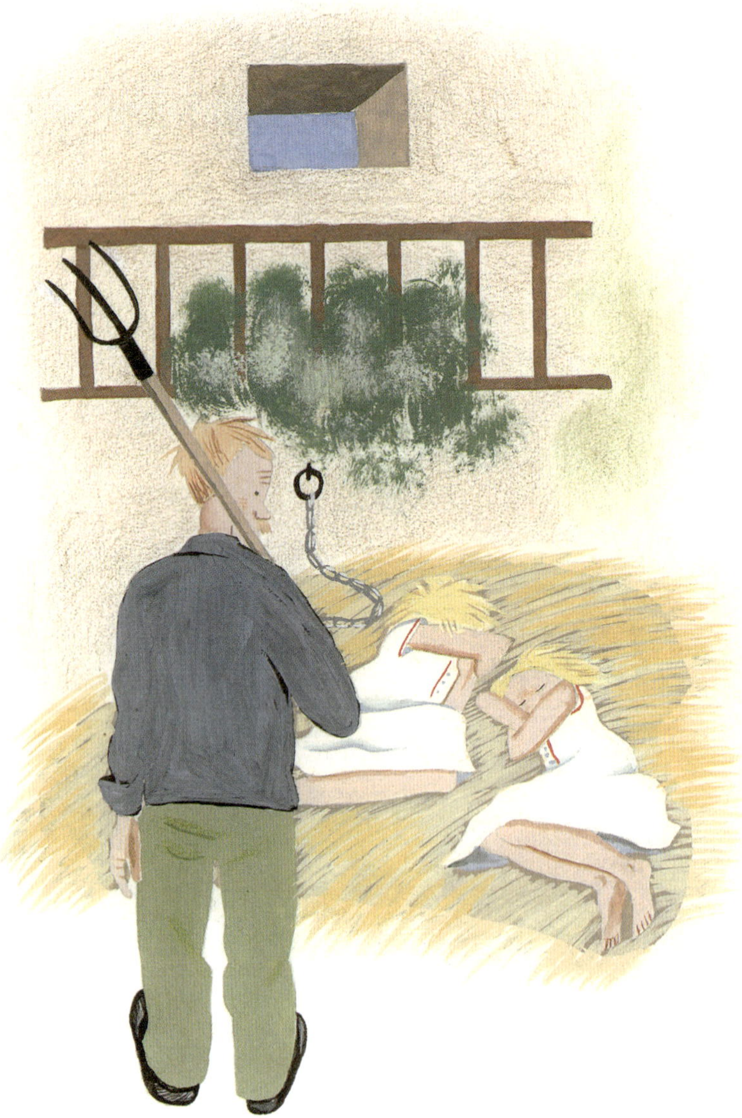

绵羊

黛尔菲娜和玛丽内特坐在路边,把两只脚伸到水沟里,抚摸着阿勒弗雷德叔叔有一次来农场时送给她们的胖绵羊。绵羊把头时而靠在黛尔菲娜的膝盖上,时而靠在玛丽内特的膝盖上。她们一起唱着一首歌,开头是这样的:"我的花园里有一株玫瑰……"但是,当爸爸妈妈走进农场的院子,看到绵羊时,似乎特别不高兴。他们斜着眼睛看着它,咬牙切齿地说,"这是在浪费姑娘们的时间!与其和这个肮脏的家伙在这儿一直玩,还不如去做做家务,缝缝补补呢。"

他们接着说:"如果有人能帮我们处理掉这个大卷毛,那真是太好了。"

中午十一点四十分,农场的烟囱冒起了烟。正当爸爸妈妈这样喃喃自语的时候,一个士兵出现在拐弯路口,他骑着一匹大黑马,往战场方向走去。士兵看到路边有人在注意他,就让马来个跳跃的动作,好显示自己很厉害，但黑马不但不听他的话，反而死死地站着，回头对他说：

"您干吗这样？您可能是觉得，我顶着烈日，背上驮着一个七倒八歪的酒鬼，这样还不够是吧？您还想要我跳？好吧，我可先警告您……"

"等着瞧吧，你这该死的劣马！"士兵打断了它的话，"我会让你服服帖帖地听我的。"

他立即用靴子上的马刺狠狠扎进马的两肋，粗鲁地拉住缰绳。马直立了起来，然后后蹄一个劲儿往后猛踢，直接把士兵从它的前颈上摔了下来。士兵摔在路中间，下巴和手都擦破了皮，漂亮的制服全被尘土弄脏了。

"我警告过您。"马说，"您想让我跳，是啊，那我就跳给您看。这下您开心了吧！"

士兵好不容易从地上爬起来，根本没有心情听这些话。当他看到爸爸妈妈、黛尔菲娜、玛丽内特、羊和农场里所有的动物统统走过来，绕着他围成了一圈时，就有点儿恼羞成怒了。他拔出大刀，准备冲过去一刀刺进马的胸膛。幸亏爸爸妈妈及时拦住了他，让他放下了这

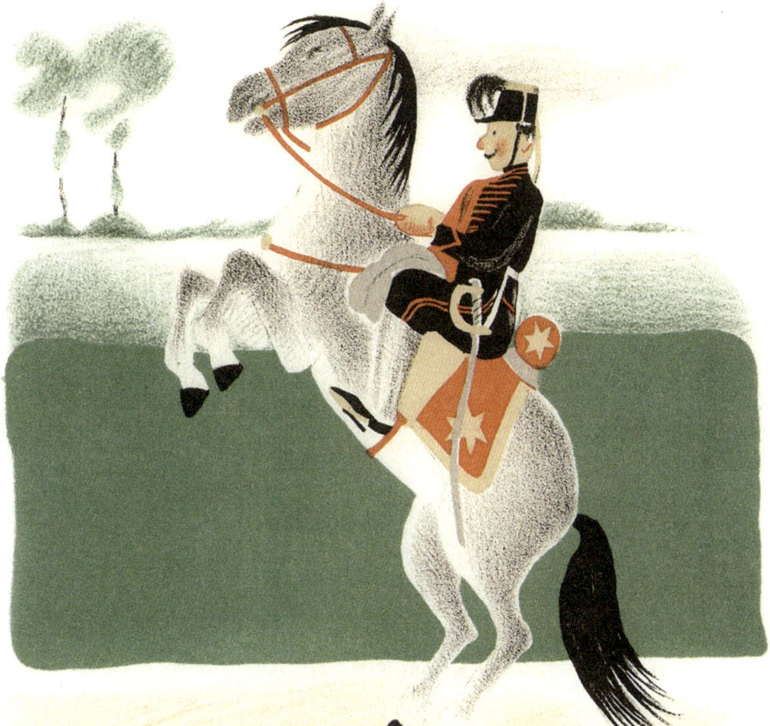

个报仇的念头。

他们说:"您要是把它杀了,就不能安安心心地骑着您的坐骑上战场,恐怕等您走过去,仗老早就打完了。不过,这匹马的确让您遭了不少罪,你们以后也不好相处了。那既然您已经准备不要它了,为什么不试着用它捞点儿油水回来呢?瞧,我们这里有一头骡子,刚好适合您。这样吧,就当帮您一个忙,我们把它让给您,跟您的马交换。"

"好主意。"士兵一边说一边收起了军刀。

爸爸妈妈把马赶进院子,把骡子拉了出来。小女孩们看见了,都表示抗议。为了去讨好一个残忍的过路人,她们的老朋友骡子就得离开农场吗?绵羊眼中含着泪水,悲叹同伴不幸的命运。

"安静!"爸爸妈妈大声喝道。士兵转过身后,他们又低声补了两句:"你们在这里瞎说一通,是想搅黄一桩好买卖吗?如果你们还不让羊闭嘴,那中午之前它的毛就会被剪光。"

骡子没有反抗,当缰绳被交到士兵手上时,它只是向姑娘们眨了眨眼睛，仿佛在暗示什么。士兵骑上新坐骑，吹着胡子喊道："上路！"但是骡子却一动不动，即使它的主人残忍地用马刺扎它，用马嚼子勒它，它也不肯前进半步。不管是侮辱、威胁还是殴打都没用，它就是不肯走。

"很好，"士兵说，"我知道该怎么做了。"

他一脚跳到地上，再一次拔出了大刀，准备刺进骡子的胸膛。

"住手，"爸爸妈妈说，"请听我们说几句。确实，这是一个愚蠢的傻瓜，它不想往前走，但您也知道，骡子本来就很顽固。您一刀下去也并不会改变任何事情。哦，我们这里还有一头驴，它不怕苦，还很好养活。您把它领走吧，把骡子还给我们。"

"好主意。"士兵一边说一边收起了军刀。

可怜的驴就这样要代替骡子去牺牲自己了。它当然不愿离开农场，因为农场里有许多朋友。黛尔菲娜、玛丽内特和她们的羊是它最亲密的朋友。但是，它并没有把真实感情流露出来，而是顺从地走向新主人，如往常

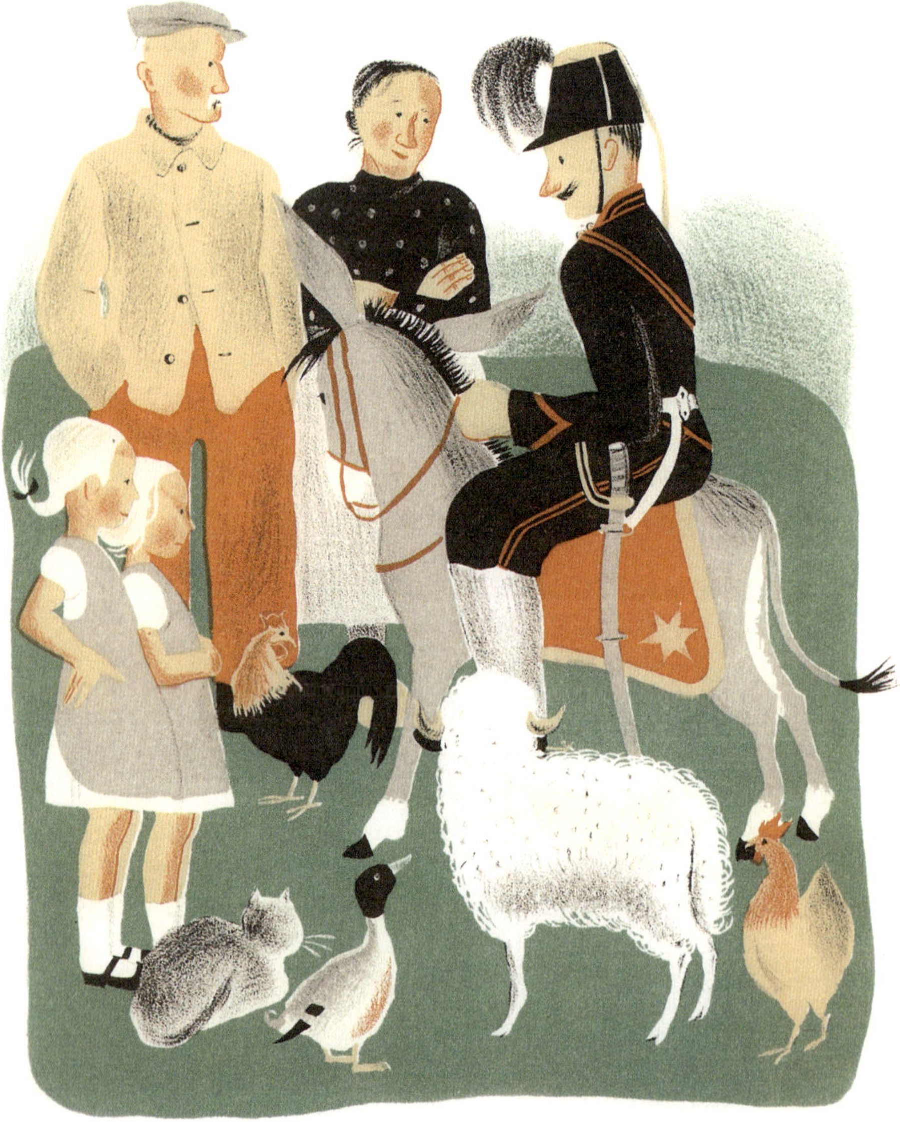

一样谦逊驯服。小女孩们很焦急，绵羊也大哭了起来。

"士兵先生，"绵羊恳求道，"请您对驴子好点儿，它是我们的朋友。"

爸爸妈妈忍不住了，他们冲到绵羊面前，挥舞着拳头，骂道：

"你这脏羊，成心想搅黄这桩好买卖是吧！好吧，你会为你的多嘴感到后悔的。"

士兵没有理睬绵羊的恳求，立刻跨上了他的坐骑。他刚把胡子翘起来，下令"上路！"，驴就开始倒退着走，走得歪歪扭扭，每走一步几乎都要把士兵甩进沟里。士兵赶紧翻身从驴背上下来，他明白这畜生是故意的。

"很好，"他咬牙切齿地说，"我知道该怎么做了。"

第三次，他拔出了大刀，如果不是爸爸妈妈一个抓住了他的胳膊，另一个拽着他的上衣，驴早就没命了。

"不得不说，您很不走运，实在跟这些动物合不来。"他们说，"仔细想想，这并不奇怪呀。驴、骡子、马都是同一家族的，或者也差不多是一家的，刚刚我们应该想到这一点。您为什么不试试绵羊呢？它很顺从，而且它还不止这一个优点。如果您在路上需要钱，没有什么比剪下羊毛去换钱更容易的了。把羊毛卖了一个好价钱后，您仍然可以驾着这个好坐骑去赶路。我们刚好有一只长着长毛的绵羊。您看看站在这两个小家伙之间的那只羊。如果您愿意用它来换掉驴，那我们是很乐意能帮上您的。"

"好主意。"士兵一边说一边收起了军刀。

黛尔菲娜和玛丽内特把羊紧紧地抱在怀里，大声地哭叫起来，可很快爸爸妈妈就把她们和她们最好的朋友分开了，不准她们哭闹下去。羊悲伤地望着爸爸妈妈，一点儿也没有怨恨的意思，乖乖向士兵走去。士兵把他刚放回鞘里的那把大刀又抽了出来，用威胁的口吻说道：

"最要紧的，是你应该绝对服从和尊重我。如果你让我不满意了，那我一定会一刀砍掉你的头，绝不留情。如果再这样换下去，到最后，我可能会骑上一只鸭子或家禽饲养场里的其他孬种上路。"

"不要担心，"羊答道，"我天生就很温顺，可能因为我是由两个小女孩养大的，所以我会尽量服从您。

但是要离开我的两个朋友，我真的很难过。先生，当阿勒弗雷德叔叔把我交到她们手里的时候，我还很小，她们不得不用奶瓶喂了我将近一个月。从那以后，我就没有和她们分开过。所以，您应该知道我很难过，小姑娘们也跟我一样伤心。希望您能发发善心，给我一点儿时间去和她们说再见，和她们一起痛哭一场吧。"

"对绵羊可没什么善心好发！"士兵叫道，"什么意思？我还没来得及差遣你，你就已经在想着要逃走了？我不知道为什么我还没有一刀剁掉你的脑袋！我从来没见过有谁敢如此大胆！"

"不要再说了。"绵羊叹息道，"我本来没想惹您生气。"

士兵一脚跨上了绵羊，没费什么劲儿就爬了上去。他发现自己的脚拖在地上，于是就把刀横放在羊的肩膀上，用来支撑自己的长腿，这样高度刚好。他开心地大声笑了起来，因为笑得太厉害，好几次都差点儿失去平衡摔下来。看到可怜的绵羊被沉重的骑手压弯了腰，简直没有什么比这更悲伤的了。孩子们悲愤交加。如果不是爸爸妈妈拦着她们，她们一定会竭尽全力反对士兵把羊带走，把他从羊背上赶下来。农场里的动物们也同样愤愤不平，但爸爸妈妈瞪着它们，警告说谁都不准过去，所以也没谁敢再管这事了。鸭子正准备要说话，爸爸妈妈便凶狠地盯着它，说：

"现在花园里有很好的萝卜，正好拿来当配菜，好吃得很呢！"

可怜的鸭子突然局促不安起来，它低下头躲到了井后。在所有的动物中，只有那匹黑马没被吓倒。它走到自己从前的主人面前，镇定自若地对他说：

"您不会打算骑着这样的坐骑上路吧？我得提醒一下您，您会被别人笑话的。更不用说，这么瘦弱的坐骑载着您走不了多远。您要是通情达理的话，赶紧把这只羊还给两个小姑娘吧。她们看到羊要走，都在哭鼻子呢。您骑到我背上来吧，请相信我，您在我背上会更舒服，看起来会更神气的。"

士兵被说动了，看了一眼马宽宽的背，似乎也同意它的说法，觉得骑马比坐在羊背上舒服多了。眼看他正打算接受这个建议，爸爸妈妈便大着胆子，赶紧表示那匹黑马已经是他们的了。

"我们已经打算留下这匹马了。您知道，如果再这么没完没了地换下去，那得换到猴年马月呀！"

"你们说得对。"士兵表示同意，"时间就这样溜走了，仗打完了也轮不到我。这样我怎么能成为将军？"

他翘起胡子，把两条腿悬在大军刀上，让羊小跑着，头也不回地走了。当他消失在路的拐弯处时，农场里所有的动物都开始悲叹起来。爸爸妈妈也有点儿过意不去，尤其是听到女儿们的对话后，更加担忧起来。

玛丽内特对黛尔菲娜说："我好希望阿勒弗雷德叔叔来看看我们。"

黛尔菲娜回答："我也是。他得知道发生了些什么。"

爸爸妈妈惊慌地看着他们的女儿，窃窃私语了一会儿，然后大声说：

"我们对阿勒弗雷德叔叔没什么可隐瞒的。另外，要是他知道我们这么明智地用一只普通的羊换了一匹漂亮的黑马的话，他会第一个称赞我们的。"

农场的院子里，动物和小女孩们低声地责备起了爸爸妈妈。爸爸妈妈意识到了驴、骡子、猪、母鸡、鸭子、猫、奶牛、小牛、火鸡、鹅和其他所有的动物都在盯着他们，于是严肃地说道：

"你们要这样张口呆望到晚上吗？别人不知道的还以为自己到了集市上，而不是在忙碌的农家院子里。走吧，大家都散了吧，回到自己的位置上去。至于你，黑马，从此以后你就住在马厩里了。我们马上带你去那儿。"

"多谢你们的好意，"黑马回答说，"但我一点儿也不想到你们的马厩里去。如果你们自以为做成了一笔不错的交易而沾沾自喜，那么可别高兴得太早了。你们要知道，我是坚决不会归属你们的。对你们那只不幸的羊来说，你们就像用它换了一阵风一样。你们最好为此感到内疚，内疚对羊做出了这样不公正和残忍的行为。"

"黑马，"爸爸妈妈说，"你这么说让我们很伤心。事实上，我们并没有大家想的那么坏。我们在马厩里给你留了一个位置，不是想让你干活儿，只是想到你跑了那么远的路，一定很累了，应该好好休息一下……"

在跟它说这番话的时候,他们偷偷地接近黑马,好出其不意把缰绳套过去。黑马没看出他们的伎俩,差点儿就被套住了。这时候小女孩们正在摆桌子准备吃午饭,家畜们也按照吩咐散开,回到了自己的位置上。幸亏,躲在井后的那只鸭子透过井栏看到了一切。它一惊之下,忘了自己也处境危险,连忙冲出来,一边拍着翅膀一边喊道:

"黑马,小心!当心爸爸妈妈!他们在背后藏了缰绳和一个嚼环。"

马一听到警告,赶紧跳了起来,跑到院子的另一头。

"鸭子,我不会忘记你的大恩大德。"它说,"要不是你,我就失去自由了。请你告诉我,我能为你做点儿什么吗?"

"太客气了,"鸭子回答说,"但是我现在还不太知道,我需要考虑一下。"

"没关系,鸭子,你慢慢考虑,我改天再来看你。"

说完这些话,黑马便轻快地跑开了,爸爸妈妈郁闷地看着它逐渐走远。午餐时,他们没怎么说话,脸色阴沉。他们想，如果阿勒弗雷德叔叔得知他们把女儿的羊白白送了人，肯定会生气。黛尔菲娜和玛丽内特看到爸爸妈妈焦头烂额的样子，心里舒坦了些，但是什么也安慰不了她们，因为她们失去了最好的朋友。吃完饭之后，她们来到草坪上放声大哭。鸭子从她们身边经过，问了原因之后，也跟着她们一起哭了起来。

"你们三个在哭什么？"他们身后忽然传来一个声音问道。

说话的正是黑马，它问鸭子怎么样才可以减轻它的悲伤。

"啊！"鸭子叫道，"如果你能把绵羊带回来给这两个小家伙，那我将会是最快乐的鸭子了。"

"我乐意效劳，"黑马回答说，"但我不知道该怎么做。只是追上羊和骑兵的话，我倒是没有问题。如果他们配合得不好，就不可能走远。但是，最困难的是怎么说服我以前的主人放弃绵羊。"

"我们路上再赶紧想办法。"鸭子说，"先快点儿带我们去找他们吧！"

"很好，但就算两个小女孩讨回了她们的绵羊，她们能强迫爸爸妈妈把绵羊留下来吗？今天早上爸爸妈妈还一致想赶走这只可怜的牲畜呢。"

"确实，"玛丽内特说，"不过，爸爸妈妈现在已经开始为自己的所作所为感到后悔了。"

"不管怎么说，"黛尔菲娜说，"如果有人去通知阿勒弗雷德叔叔，等我们带绵羊回来时，他也正好到家，那我会安心许多。"

黑马问阿勒弗雷德叔叔是否住在很远的地方，小女孩们说快走需要两个小时。于是黑马答应，一找到绵羊就飞奔去阿勒弗雷德叔叔家。

"但是现在，我们得赶紧赶上骑兵，一分钟都不能耽误了。"

看见小女孩们和鸭子跳上马背，爸爸妈妈目瞪口呆，惊讶不已。在他们的眼皮底下，黑马载着小女孩们和鸭子扬尘而去。半小时后，他们到了一个村口。

"不要着急，"马迈着步子说，"既然要穿过村庄，那我们刚好可以向村民们打听一下。"

一会儿，他们看到了一排房子。黛尔菲娜注意到一栋房子的窗口摆着一盆天竺葵，有一个年轻的姑娘正坐

在窗后做针线活儿。黛尔菲娜很有礼貌地问：

"小姐，我在找一只绵羊。您有没有见到一个士兵……"

"士兵？"那姑娘还没有等她说完就叫了起来，"我想我看到了！我看见他浑身金光闪闪，一路狂奔穿过广场，他身上的武器撞击出好大的声响，太可怕了！他骑着一匹大马，马一身的卷毛，就像鬈发那样，它鼻孔里还喷着火和烟，弄得我可怜的天竺葵蔫了好一会儿呢。"

黛尔菲娜道谢之后跟同伴们说，姑娘刚刚说的骑兵不是她们要找的人。

"您弄错啦，"马对她说，"一定是他没错。可能她的描述有点儿夸张了，但是年轻女孩眼中的士兵就是这样的。我一下就听出来了，那匹浑身长着卷毛的大马，就是你们的绵羊呀！"

"那它鼻孔里喷出来的火和烟呢？"玛丽内特有点儿不信。

"相信我，那只是士兵在抽烟斗。"

很快，大家就意识到马说的是对的。再往前走一点儿，一个农妇正在花园篱笆上晾衣服，她告诉他们，她看到一个士兵骑在一只可怜的绵羊身上，绵羊看上去已经筋疲力尽了。

"我当时正在水池那里清洗染料，看到他们在蓝色路那里打转。那只可怜的牲畜背着个大笨蛋在坡上辛苦地爬着，那人还不断对它拳打脚踢。你们要是看到那个场面，一定会同情它。"

听说了绵羊如此凄惨的遭遇，小家伙们忍不住都哭了起来，鸭子也很伤心。黑马在战争中见多了各种场面，所以还能保持镇定，它又问农妇：

"士兵走的那条蓝色路远吗？"

"在镇子的另一头，不容易找到。得有人带你们去那里。"

这时候，农妇五岁的儿子从屋子的角落里朝他们走来，手里拉着一个带滚轮的漂亮木马。他羡慕地望着两个小女孩骑在一匹比他的木马高得多的马上面。

"于勒，"他妈妈对他说，"带他们到蓝色路去。"

"好的，妈妈。"于勒答道，他手里还是牵着木马，一直走到了门口。

"我敢打赌，"黑马说，"你想骑在我背上吧？"

于勒脸红了，因为他心里正是这么想的。玛丽内特把自己的位置让给他，同时用绳子拉着木马，让它也可以散散步。黛尔菲娜让他们的向导坐在自己前面，她一边紧紧地抱着他，一边跟他讲羊的不幸遭遇。黑马轻轻地迈着步子。于勒很同情绵羊，希望绵羊能成功地被救回来，甚至还表示愿意为女孩子们效劳，并说自己和木马都可以随她们支配。大家都准备好了以身涉险，去营救苦难的绵羊。

玛丽内特向前走了几步，手上一直拉着木马，鸭子骑在木马上。到了蓝色路之后，从斜坡上看下去，玛丽内特看到一家酒舍前拴着一只羊。一开始，她几乎兴奋得大叫起来，鸭子也很激动，但仔细一看，却发现这绝不是他们的朋友。坡下的那只羊比绵羊小多了。

"不，"玛丽内特叹了口气，"这不是我们的羊。"

于是她停下来等她的同伴。鸭子趁这个时候爬上木马的头，想从更高的地方再看看酒舍和周围的情况。它好像看到羊脖子上有什么东西闪闪发光,看起来像一把军刀。突然,它在木马头上坐立不安,用自己最大的力气叫喊,差点儿就掉了下来。

"是它,是我们的羊!我告诉你们,那是我们的羊!"

站在它身后的人都惊讶不已,觉得它肯定是弄错了。这只绵羊这么瘦小,绝对不是他们的绵羊。然而,鸭子发起火来。

"你们还没明白吗?它的新主人把它的毛剪了!你们看,它还没有羊羔大,不就是因为它身上的卷毛被剪光了吗?士兵肯定把羊毛卖了,去酒舍买喝的了。"

"不错,"黑马说,"一定是这样的。今天早上,他口袋里一分钱都没有了,我想别人也不会赊账给他酒喝的。我知道这个酒鬼,我早就应该想到,在第一家酒舍就能找得到他。无论如何,要先看清楚那到底是不是我们的羊。"

不一会儿,绵羊自己就先表明了身份。它刚刚发现一群人站在斜坡上,当它认出这是自己的伙伴时,便一迭声喊着"我是你们的羊",同时打着手势要他们谨慎小心。在它叫了三声之后,士兵出现在酒舍的门口,他是听见绵羊的叫声出来一探究竟的。转身再进去酒舍之前,他对羊做了一个威胁的手势。幸亏他没有想到往斜坡那儿看过去,否则他肯定能认得出来相隔不远的黑马,必定会起疑心。不过,他实在是喝了很多酒,看不清周遭的景物了。

"据我观察,"鸭子对它的朋友们说,"我们的羊被牢牢看管着,这样的话事情就难办了。"

"你本来打算怎么办?"黑马问。

"我本来打算怎么办?我想偷偷把羊的绳子松开,然后带回农场不就得了。"

"这恐怕不行。就算你成功了,你以为羊就得救了吗?要是士兵从酒舍里出来,看不到他的坐骑,肯定会认为它又逃回以前的主人那里去了。他会马上去农场大闹一番,到时候只能把绵羊还给他。而且可以肯定的是,羊至少还会挨一顿棒子。士兵不把羊的头砍下来就谢天谢地了。不,鸭子,听我说,我们得找找其他办法。"

"找找其他办法,说得容易,但是有什么办法呢?"

"这得由你来想。我在这方面什么忙也帮不上,可能还会碍事。所以,按之前说好的,我跑去通知阿勒弗雷德叔叔,然后回来和你们会合。但愿到时候羊和你们在一起!"

黛尔菲娜和于勒下马后,黑马便疾驰而去,留下的大伙则开始商量起来。小女孩们想感化士兵,但于勒认为还是得吓唬吓唬他。

"可惜我没有带喇叭,"他说,"不然我会拿着喇叭对他'嘟嘟'地吹,然后对他说'把羊还给我们!'"

鸭子不顾黑马的劝告,还是打算先把羊松开。正当它在说服朋友们时,士兵摇摇晃晃地走出了酒舍。一开始,士兵似乎有些迟疑,确定头盔还在头上后,便朝绵羊走去,准备继续赶路。鸭子不得不放弃它的计划。在这危急关头,它急中生智,骑上木马,对它的同伴们说:

"我们很走运,因为他是背朝着我们的。趁这个机会,你们用力把我推到坡下。到达山脚时,只要有足够的动力,我就可以冲上那几米斜坡到酒舍门口了。"

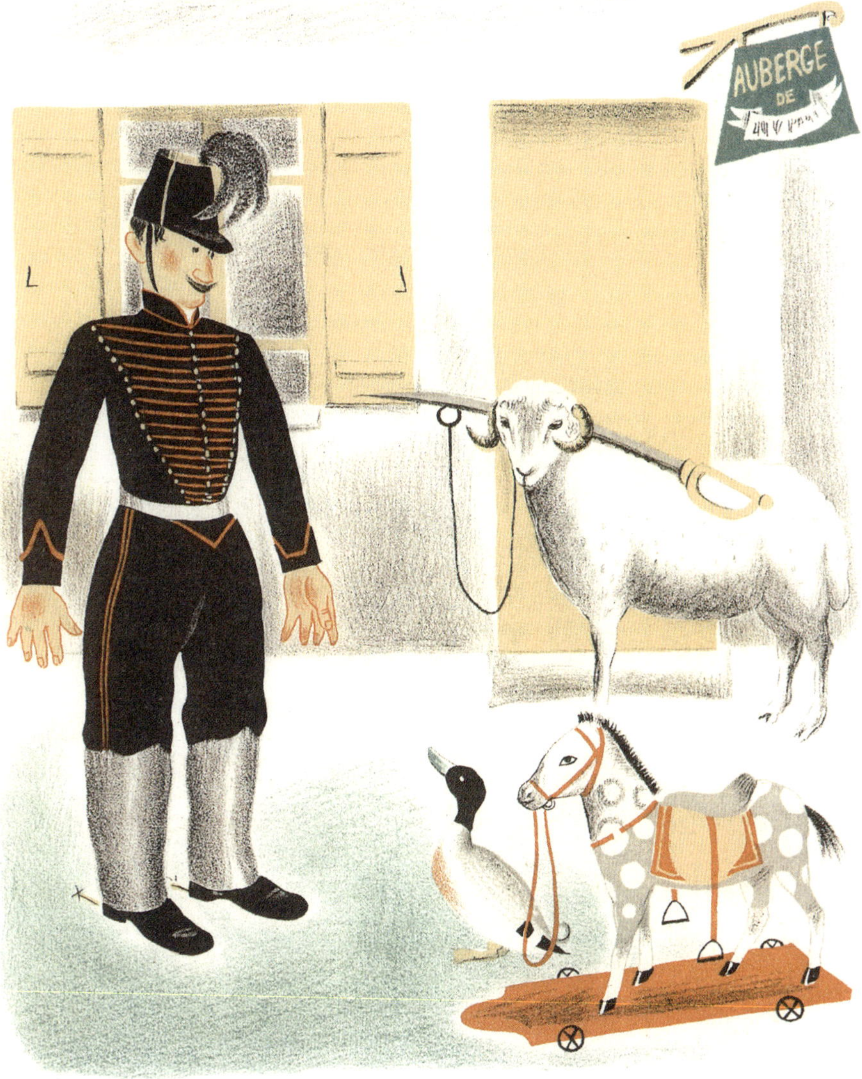
AUBERGE
DE

玛丽内特拉着木马的绳子，全速往前奔，黛尔菲娜和于勒跟在后面。他们在快下斜坡的时候松手放开木马，然后藏在篱笆后面远远地看着。

鸭子骑着木马，一边沿着坡道冲下去，一边大声喊"驾！驾！"士兵听到响声，停在酒舍院子中央，转过身来，看见一个家伙骑马飞奔过来。鸭子滑下斜坡后，似乎在努力拉住它的坐骑。

"喂！"鸭子叫道，"该死的畜生，你能停下来吗？喂，疯子！"

木马仿佛听得懂命令一般，到了通往酒舍的那段上坡路时，它放慢了速度往上爬，最后停在了水沟边上。幸亏，滚轮嵌在草里，免得木马从斜坡上滑回去。鸭子赶紧跳了下来，朝那个看得目瞪口呆的士兵打招呼。

"士兵，"它说，"您好，请问这家酒舍好吗？"

"好不好，我也不太清楚。但是不管怎么说，我们喝得很好。"士兵回答。确实，他已经喝得站不直了。

"我从很远的地方来，"鸭子说，"需要好好休息。我不像这只牲畜，它真是不知疲倦。这匹马实在是举世无双。它就像风一样疾驰，得求它，它才肯停下来。对它来说，一百公里几乎不算什么，不用两个小时它就能跑完。"

士兵简直不敢相信自己的耳朵，他用羡慕的目光看着这匹千里神驹。坦白地说，他觉得这匹马有点儿蔫，但是因为喝了酒，他的眼睛看不清，不敢过多地相信自己眼睛看到的，而宁愿相信鸭子。

"您真走运，"他叹了口气，"啊！真的，说到运气，这就是运气啊。"

"您觉得我很走运吗？"鸭子说，"好吧，但事实上，我对我的马并不满意。您很吃惊对吧？因为对我这样一个旅行者来说，它跑得太快了。我根本就没有时间从容地去欣赏风景。我需要慢慢走的坐骑，这样我才能真真切切地游览沿途风光。"

士兵觉得他喝的酒越来越上头了，仿佛看见木马在不耐烦地骚动。

"我冒昧地提一句，"他狡猾地说，"我愿意跟您交换坐骑，正好我有一只绵羊在那里。我在赶时间，可是它动作缓慢得让我发疯。"

鸭子走近绵羊，用怀疑的眼光仔细打量着它，用嘴碰碰它的四肢。

"它个头真小。"鸭子说。

"因为我刚把它的毛剪了。其实，它已经是一只体型不错的羊了。它足够大，完全可以载您，这您不用担心。就连我，它都载得很好，您真得看看它奔跑的样子！"

"奔跑！"鸭子喊道，"奔跑！啊，士兵，在我看来，您的绵羊飞奔在路上，就像个怪兽一样。如果是这样，那我跟您交换又有什么好处呢？"

"我没有解释清楚，"士兵不好意思地说，"说实话，我要告诉您，没有什么比我的羊更温顺了，也没有比它更懒惰，干活儿更吃力的了。它甚至比乌龟和蜗牛还要慢。"

"好极了，"鸭子说，"我简直不敢相信还有这种好事。但是，从您眼里我看到了坦率，我相信您。所以，我决定接受交换。"

士兵担心鸭子会改变主意，就跑过去把羊的绳子松开，把鸭子抱到羊背上。鸭子也不提要进酒舍休息的事了，赶紧催促它的新坐骑离开。

"喂，"士兵说，"别这么快！您没看见您把我的军刀带走了吗？"

士兵把横在羊肩上的大刀卸下来，挂在身上。

"现在，"他转身对木马说，"我们准备走吧。"

"首先，"鸭子建议说，"我想您最好给它喝点儿东西。您看看它渴得舌头都伸出来了。"

"您说得对，是我没注意到。"

就在士兵去井里打水时，鸭子和羊穿过马路，跑到小女孩和她们的朋友于勒身边。他们藏在一片高高的黑麦田里，从那里他们可以看到酒舍的院子。黛尔菲娜和玛丽内特把羊抱得紧紧的，让它差点儿喘不过气来，大家都激动得流下了眼泪。如果不是因为此刻酒舍院子里的景象让他们分了神，这样温情的场面还会持续更久。

士兵打了一桶水提来给木马喝。看它不打算喝，便恼火不已地喊道：

"喝不喝，该死的劣马？我数到三，一、二、三！

够了,你改天再喝吧。"

他一脚把水桶踢翻,骑上木马,很快,他就对待在原地不动的马感到不耐烦了。他先是咒骂,然后,他注意到木马还是一动不动,就从马背上下来,嘴里嘟囔着:

"好,我知道我该怎么做了。"于是,他拔出大刀,一刀砍下了可怜的木马的头,马头滚进了尘土里。之后,他把刀插回刀鞘,步行去打仗了。也许现在他已经是位将军了,但我们不得而知。

在回去的路上,黛尔菲娜腋下夹着木马的头,玛丽内特用绳子拉着那匹没有头的木马。于勒目睹着自己的马受了这样的折磨,心里很难过,但他看到小女孩和绵羊那么开心,就宽慰了许多。再说,他其实最伤心的是要和新朋友们分开了。就算妈妈答应把木马的头粘回去也没用,当他看到朋友们消失在村庄的尽头时,依然忍不住抽泣起来。

黛尔菲娜和玛丽内特一想到爸爸妈妈会怎么对待她们,心里就忐忑不已。而爸爸妈妈此刻也正不停地在嘀咕着他们的女儿,他们是这样说的:

"不能吃甜点,只能吃干面包;要揪她们的耳朵;要让她们知道点儿厉害。在我们的眼皮底下,竟然敢就这样骑上一匹来历不明的马跑掉了!"

他们来来回回在门口转悠,朝孩子们离开的方向张望。突然,他们听到从相反的方向传来了马蹄声,他们用颤抖的声音喊道:

"阿勒弗雷德叔叔!"

到达农场的正是阿勒弗雷德叔叔,他骑着那匹黑马,从远处望去,他的脸色非常阴沉。可怜的爸爸妈妈吓得脸色苍白,双手合掌,喃喃自语:

"我们完了,他会知道的,他什么都会知道的。放弃了这么好的一只羊,多么可惜,多么遗憾!啊!亲爱的绵羊!"

"我在这里!"羊的声音传了过来,它出现在房子的角落里,后面跟着鸭子和小姑娘们。

爸爸妈妈欢欣鼓舞,立刻又笑又跳。他们不但没有责骂孩子们,还主动答应给她们买漂亮的拖鞋和新围裙。当着阿勒弗雷德叔叔的面,爸爸妈妈在羊的两只角上都系上了粉红色的丝带。这让马背上的阿勒弗雷德叔叔有点儿疑惑不解。最后，吃晚饭时，鸭子被允许坐在两个小女孩之间，跟他们一起吃饭。它举止得体，和人没什么两样。

天鹅

爸爸妈妈一大早就准备去城里，临走时对两个小女孩说：

"我们要晚上才回来，你们要乖啊。最重要的是，不要离开院子。你们可以在院子里玩、在草地上玩、在花园里玩，但不要穿过马路。啊！要是你们敢过马路，看我们回来怎么修理你们！"

爸爸妈妈一边交代着，一边用眼神吓唬着两个小家伙。

"别担心，"黛尔菲娜和玛丽内特回答，"我们不会过马路的。"

"那我们走着瞧吧！"爸爸妈妈嘟囔着，"我们走着瞧吧。"他们用严厉而怀疑的目光扫视着女儿们，然后大步走开了。孩子们不由得心里一紧，但是，在院子里玩了一会儿之后，她们就几乎忘记这回事了。快到九点的时候，她们无意间到了路边上，谁也没想着要过马路。就在这时,玛丽内特看见一只白色的小山羊走在对面的田野里。黛尔菲娜还没来得及拉住妹妹,玛丽内特就穿过了马路,朝小山羊跑去了。

"你好。"玛丽内特说。

"你好,你好。"山羊边答边继续赶路。

"你走得好快啊!你要去哪里?"

"我要去孤儿大会,没时间玩了。"

白山羊走进了一片高高的麦田,消失在其中。玛丽内特和姐姐刚赶上它,山羊一下子又不见影了,两个人都愣在那里。她们正准备转身回家,不料在这时又看见五十米之外有两只小鸭子,身上还有黄绒绒的胎毛,它们似乎也在着急赶路。

"你们好,小鸭子们。"小女孩们走到小鸭子面前打招呼。

两只小鸭子停了下来,顺势趴在地上。能停下来歇一歇,它们也挺乐意。

"你们好呀,小姑娘们。"其中一只鸭子说,"天气真好,是吧?但是真热呀!我弟弟走得可累了。"

"喔,这么说你们是从很远的地方来的?"

"我想是的!我们还要走很远的路。"

"你们要去哪儿?"

"我们要去孤儿大会。现在我们休息够了,要上路啦!不能迟到。"黛尔菲娜和玛丽内特想要知道个究竟,可是两只小鸭子连听都不听,就直接钻进了麦田。小姑娘们很想跟它们去,站在那里迟疑了一会儿,但又想到了爸爸妈妈叮嘱过她们禁止过马路。说实话,现在想起来已经太迟了,这里离马路已经很远了。当她们决定回去时,黛尔菲娜指给妹妹看,森林边的草地上,有一个在移动的白点,得走近去看看。她们走过去,发现是一只白色的小狗崽,它个头只有猫的一半大,在草地上使出吃奶的劲儿跑着。但它的腿还不够结实,几乎每一步都是跟跟跄跄。它停了下来,对向它提问的小女孩说:

"我要去孤儿大会,但我恐怕不能准时到了。你们想想看,我中午之前必须要赶到,但是,就靠这几条小细腿,没走多远,很快就累了。"

"你要去那里做什么呢?"

"我来给你们解释一下:当小动物没有了爸爸妈妈,就像我这样,它们就去参加孤儿大会,去寻找一个家庭。噢,昨天有人告诉我,在去年的大会上,一只狗崽被一只狐狸收养了。但是，就像我刚刚跟你们说的，我恐怕要迟到了。"

看到一只蜻蜓飞来，小白狗突然站了起来，又跳又叫，转了三圈，在草地上打了会儿滚，最后气喘吁吁地躺在地上，舌头耷拉着。

"你们看，"它喘了口气之后说，"我刚刚又忍不住玩了。我实在太贪玩了，没办法控制呀。你们也知道，我年纪很小。所以，几乎每走一步我都会玩一阵，我真不是故意的。这样一来我就走得很慢了。啊！真的，我走到那里的希望不大，或者说我已经不指望能到那里了。如果我有你们那样的大长腿就好了，当然……"

小白狗看起来很悲伤。黛尔菲娜和玛丽内特互相看着对方，又望了望身后那条已经离得很远的马路。

"小狗，"黛尔菲娜终于开口了，"如果我抱着你去孤儿大会，你觉得你能来得及吗？"

"来得及，来得及！"小白狗说，"您想，您有那样的大长腿！"

"那我们现在就出发。只要走得快，我们很快就可以回来。你们在哪里开会呢？"

"我不知道，我从来没去过。您看到在我们前面飞的那只喜鹊了吗？它在给我指路。您可以放心地跟着它，它会把我们带到目的地。"

黛尔菲娜和玛丽内特出发了，两人轮流抱着小白狗。喜鹊飞在她们的前面，有时停在草地上或小路中间显眼的地方，等她们靠近了再继续飞一段，停在更远的地方。刚上路，小白狗就在黛尔菲娜的怀里睡着了。直到两个小时后，它才醒来。这时她们来到了一个大池塘边，喜鹊停在玛丽内特的肩上，对两个小女孩说：

"你们就站在芦苇旁边，等着被接走。好啦，祝你们好运，再见。"

喜鹊飞走了，小女孩们环顾四周，发现她们并不孤单。在岸边的草地上，坐着一群群小动物，并且不断有新的动物加入。其中，有小绵羊、小山羊、小野猪、小猫、小鸡、小鸭、小狗、小兔子和其他小动物。小女孩们走了很远的路，都累了，她们俩接连坐了下来，黛尔菲娜开始打起了瞌睡，这时，玛丽内特喊道：

"看那边，天鹅！"

黛尔菲娜睁开眼睛，透过芦苇丛，她看见两只大天鹅正向池塘中央的小岛游去。远处，有一些天鹅已经上了岛，每只天鹅身上都驮着一只兔子。再远一点儿，两只天鹅拖着用树枝和芦苇做的筏子，筏子上坐着一只小牛犊，小牛犊吓得叫了起来。在池塘的水面上，白色的大天鹅来来回回忙碌着。小姑娘们目不转睛地盯着。突然，一只天鹅从芦苇丛里冒了出来，径直朝她们游了过来。它目光严厉，用干巴巴的声音问：

"是孤儿吗？"

"是的。"玛丽内特指着睡在她腿上的那只小白狗回答。

天鹅转过头去，吹了一声长长的口哨，随即有两只天鹅拉着筏子过来了。

"上来吧。"那只天鹅命令道，它似乎是负责监督登筏的。

"等等，"黛尔菲娜抗议道，"我需要解释一下……"

"我不听任何解释。"天鹅打断她，"如果您愿意，

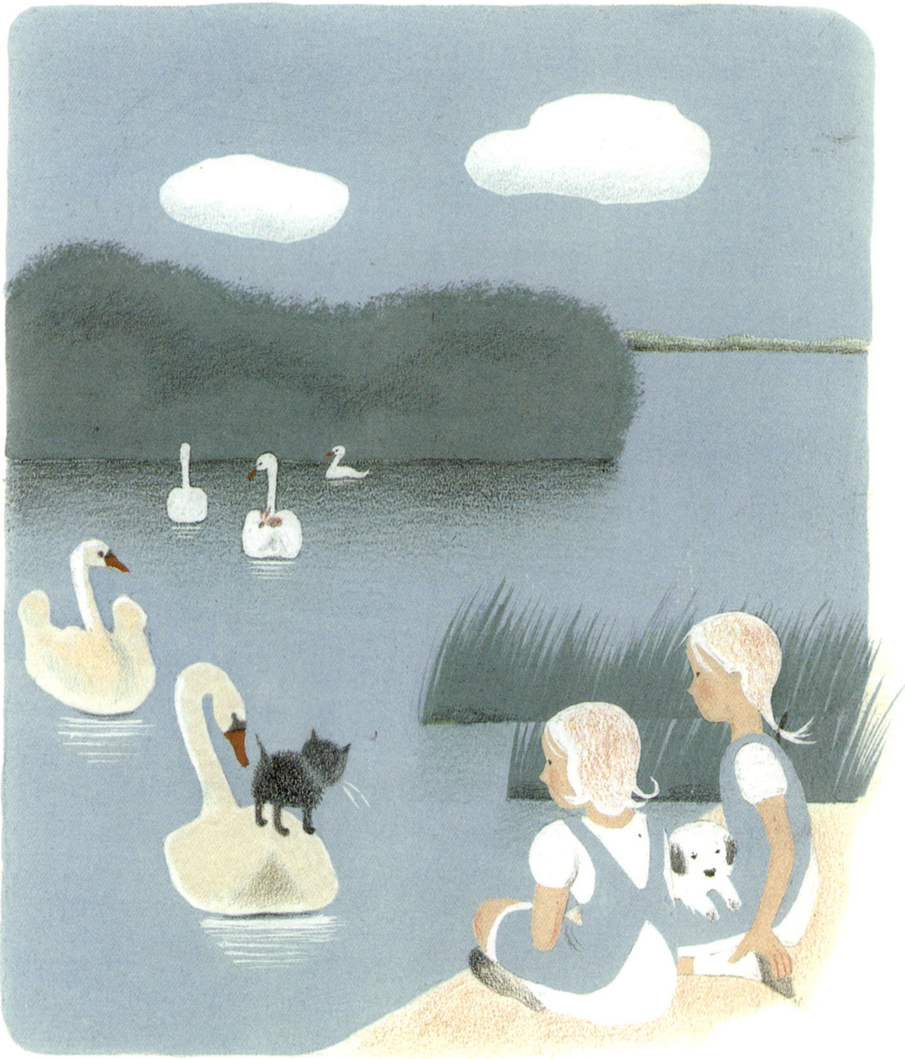

您可以在岛上解释。走吧,快。"

"我想跟你们说……"

"安静!"

天鹅凶巴巴地盯着小女孩们,伸长脖子,准备用嘴去啄她们的小腿。

"来吧,"负责拉筏的一只天鹅说,"听话一点儿。我们可没有那么多时间浪费在这儿。"

小女孩们吓坏了,再也不敢反抗,只好爬上筏子。两只天鹅立刻拉着她们,向小岛游去。乘筏子渡水还是很愉快的事,她们一上了筏子就不怎么留恋岸边了。途中,她们还遇到拉着空木筏从岛上回来的天鹅,显然乘客已经登上小岛了。另一些天鹅,驮着一只小猫或一头小野猪,从她们身边经过,然后很快就上岸了。小白狗高兴地航行着,好几次,它几乎从玛丽内特的怀里跳了出来,要去玩水。这次横渡只持续了一刻钟。刚上岸,就有一只天鹅来接两姐妹和小狗,并把他们带到一棵桦树下,没有它的允许,谁也不能离开。黛尔菲娜和玛丽内特在周围的一群小动物中,认出了那只小山羊和两只小鸭子，还有好多刚才在池塘边看到的动物。玛丽内特数了一下，大约有四十名形形色色的孤儿。天鹅还不断地带来新的动物。大家心里都在想着即将要找到的家庭，所以陷入了一片沉默。

在岛的另一端，聚集了另一群动物。由于两边隔着一排灌木丛，大家看得不是很清楚，但可以辨认出那里只有成年动物。它们似乎很健谈，喋喋不休的声音传到了两个小女孩的耳边。

在等了一刻钟之后，黛尔菲娜看到一只老天鹅，正在孤儿们面前走来走去，毫无疑问，它负责看管这些孤儿。它边走边点头，一副和蔼可亲的样子。它看见黛尔菲娜招手呼唤，便走上前来，和蔼地说：

"你们好，我的孩子们。这是一个美好的春日，对吗？……我没听清楚，请再说一遍好吗？你们知道，我有点儿耳背。"

"我想跟您说，我和我妹妹想回家。"

"好的，谢谢，就我这个年龄，我身体还算不错。"老天鹅答道，它确实没听清楚。

"我们得回家了。"黛尔菲娜提高了嗓门说。

"的确,天气越来越热了。"

于是黛尔菲娜贴在老天鹅的耳朵上,大声喊:

"我们没时间等了!我们得回家了!"

她还没喊完,刚才带她们上筏子的那只天鹅,突然从灌木丛中钻了出来,大声骂道:

"又是这两个孩子!只听到她们在这里叫嚷,我的天!我开始受不了了!"

"我姐姐在解释……"玛丽内特分辩道。

"安静!真没礼貌,要不然,我就把你们扔到池塘里去喂鱼。你们两个给我回到自己的位置上去!"

说着,天鹅走开了,还时不时地转过身来愤怒地瞪着她们。小姑娘们不敢再说话。酷热难耐,不一会儿她们就在白桦树下睡着了。

当她们醒来时,看到眼前的场景,两人都惊呆了。离她们几步远的地方,六只天鹅背对着那群孤儿,三只在左,三只在右,坐在像个台子一样的小丘上。在它们面前,所有刚刚在岛上另一端聊天的动物都排列整齐:

猪、兔子、鸭子、野猪、鹿、绵羊、山羊、狐狸、鹳，甚至还有乌龟。大家都朝平台看去，似乎在等谁。很快，第七只天鹅走到台子的正中间，对全体动物行礼致敬，然后说：

"亲爱的朋友们，这是我们一年一度的孤儿大会，感谢你们没有忘记。希望大家根据自己的喜好，也根据自己的能力去选择。会议现在开始。"

第一个上台的孤儿是一只小羊羔，它很快就被大会上的一只大绵羊收养了。接着一头小野猪被一个野猪家庭接收了。一群孤儿就这样一个个顺顺利利地被收养走了，一直到一只老狐狸想要收养两只小鸭子时，事情有点儿僵住了。

"它们找不到比我更好的爸爸了，"狐狸说，"您可以相信我，我会好好照顾它们的。"

主持会议的天鹅低声和它的兄弟们商量了一会儿，然后回答：

"狐狸，我并不想怀疑你收养两个孤儿的动机。我相信你会尽最大的努力照顾好它们的，但我担心它们的

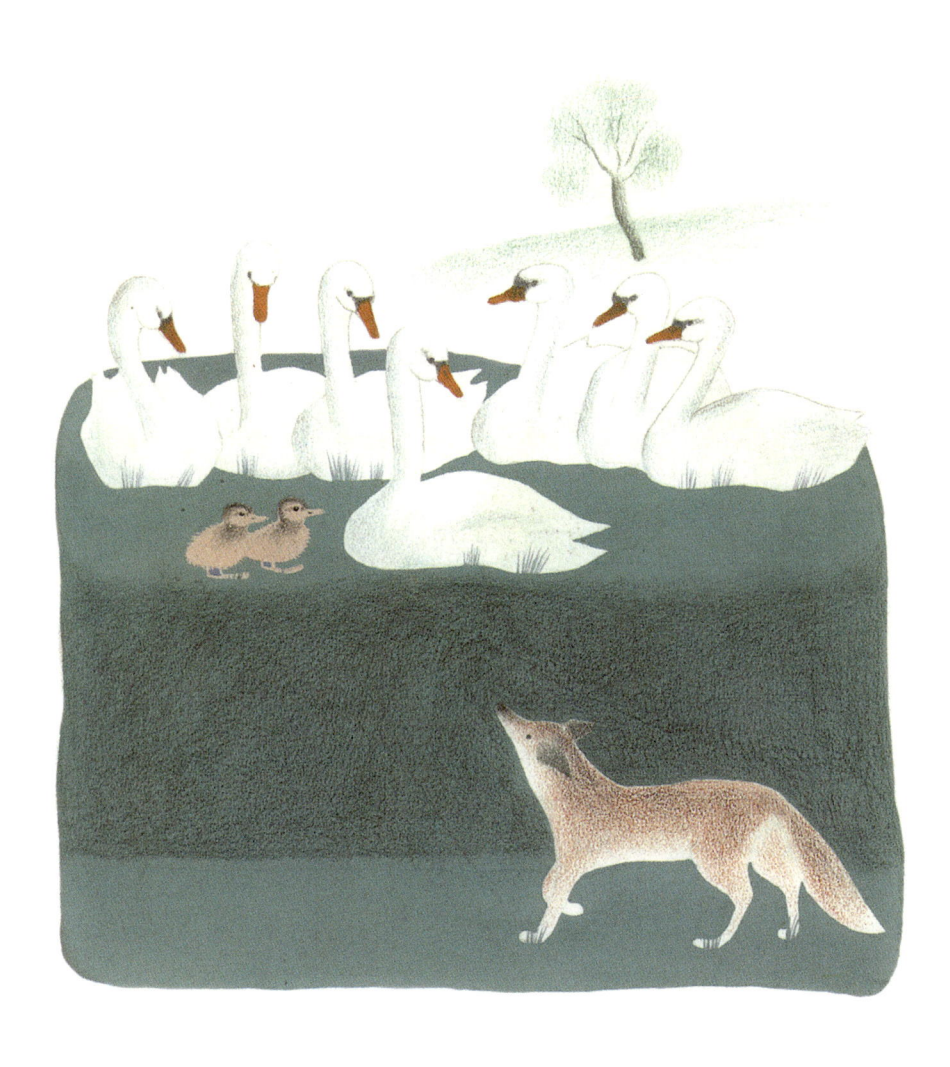

幸福不会长久。对于一只狐狸来说，两只鸭子着实是一个巨大的诱惑呀。"

"您竟然这么快就断定我想吃了它们！"狐狸喊道，"真是太荒唐了。"

"拜托，你得理智点儿。"

"不，我很生气！我好心好意想要收养两个可怜的孤儿，可是却有人马上以最坏的恶意揣测我！这不公正，简直是侮辱！所有在场的动物，帮我说句公道话啊！"

"够了，"天鹅说，"当两只小鸭子爬上来的时候，你那盯着它们的眼神，还有你那直舔嘴巴的表情，我们可是看得清清楚楚。把你的深情和心意给狐狸幼崽留着吧，我们这儿还有三只呢。不管怎么样，小鸭子你是收养不成的。"

大会上响起一阵满意的窃窃私语，狐狸再也不敢说什么了。小鸭子们被托付给了一只优秀的鸭妈妈，它已经收养了四只小鸭子。其他的孤儿也一个个被收养走，终于轮到小白狗了，一群斗牛犬二话不说就收养了它。在去新家之前，小白狗转身，向被单独留在桦树下的两个小女孩做了一个告别的动作。"现在，"天鹅说，"只剩下两个孤儿了：两个小女孩。"听到这儿，动物们骚动起来，好奇不已，另一头则在议论纷纷。黛尔菲娜和玛丽内特被两只天鹅推到台上，她们俩竭力反抗，但那两只看管她们的天鹅喊的声音比她们还大，并威胁她们，如果再不乖乖听话，就咬她们的小腿。

"太吵了！"台上的天鹅转过头来喊道，"怎么回事！又是这两个孩子！有人跟我说，她们让人受不了，我还真没有想到她们会这么顽劣。过来，到这边来，捣蛋的家伙！"

两个小女孩不得不登上台，一个被安排坐在天鹅的左边，一个坐在右边。

"给我乖乖听话。"它对她们说，"再继续吵闹，可别怪我不客气！"

"请听我解释，"黛尔菲娜说，"您弄错了。无论如何，我得告诉您……"

"安静！这么没有礼貌，难道不感到害臊吗？"

"但是，"玛丽内特嚷道，"总得让我们说话吧！

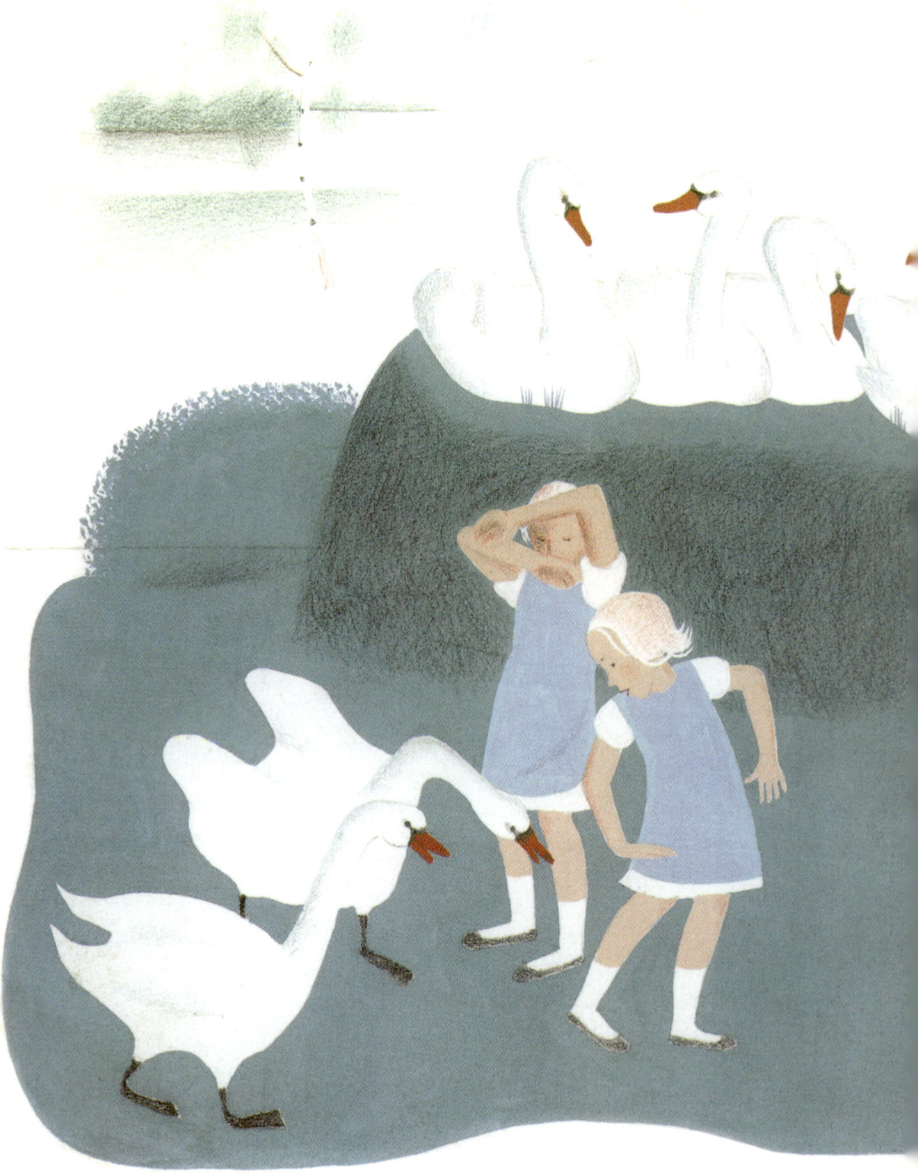

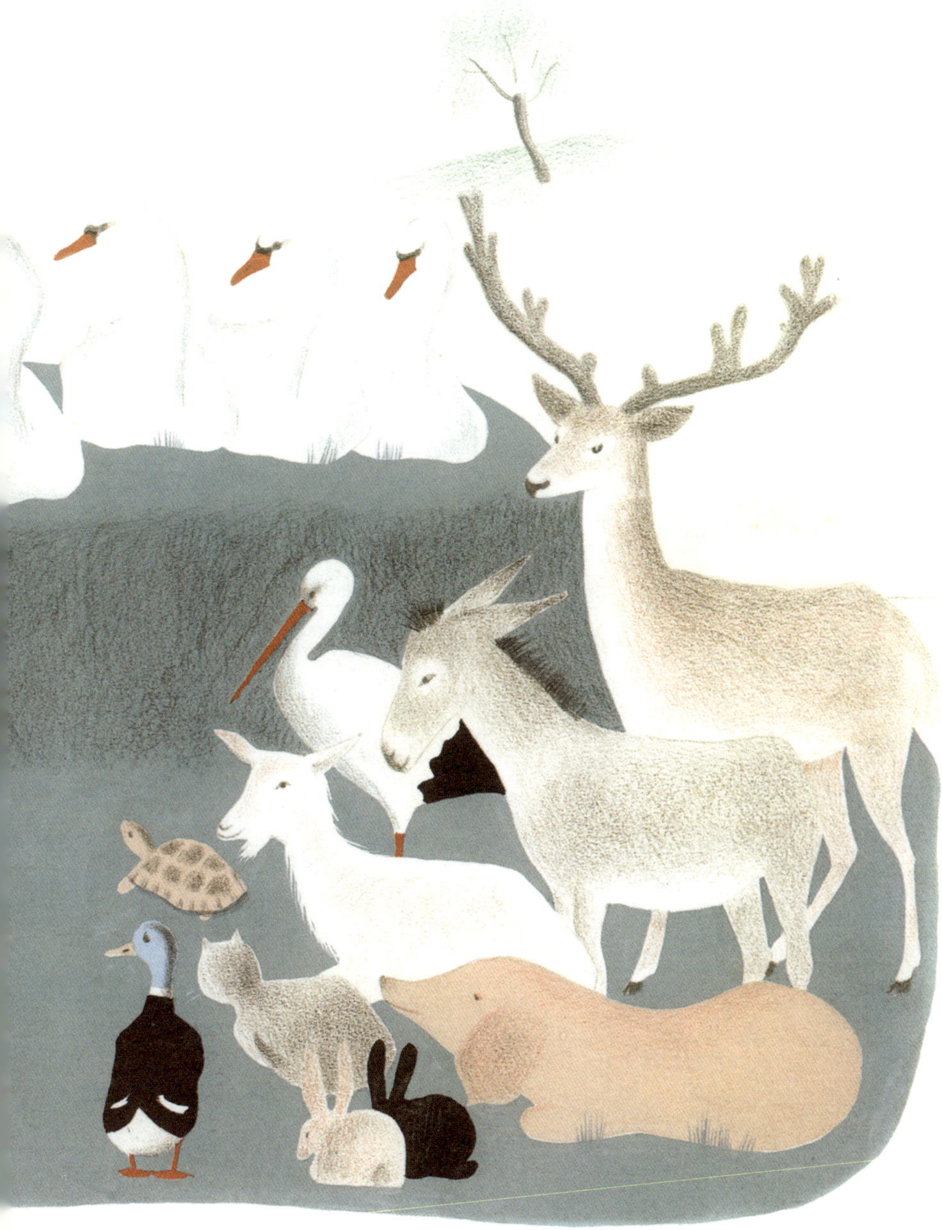

您的'安静'太烦人了！我受够了！"

听到这些话，台上所有的天鹅都震惊了，它们齐刷刷地站了起来，气势汹汹的，吓得两个小女孩都把头埋进了围裙里。沉默了一会儿之后，天鹅对大家说：

"孤儿大会还是头一回发生这样的丑事，我几乎不敢相信自己的耳朵。你们可能已经注意到了，这两个小女孩很没有教养。请你们先暂时忘掉这回事，只听从你们善良的内心。毕竟，她们还是孩子，尽管顽劣，但好好动之以情，晓之以理，还是会有改进的。我相信，只要有既耐心又有爱的父母对她们严加管教，她们就能回到正确的道路上来。来吧，你们当中谁想承担起这个责任？"

小女孩们抬起头，看着大家，但动物们却不急于回答。它们低声商量着，摇着头，估计没谁会响应天鹅的号召。

黛尔菲娜和玛丽内特倒很高兴。因为如果谁也不肯收养她们，她们就可以被放走了。她们看见，在最后一排，小白狗在新家人的怀中睡着了。她们想，幸好它睡着了，不然它可能会恳请斗牛犬爸爸妈妈收养它的两个朋友呢。

"没人决定要收养她们吗？"天鹅问道，"可是我们不能让这两个女孩无家可归啊！狐狸，你刚才那么急着要那两只小鸭子，难道你不愿意为两个孩子做点儿什么吗？"

"我相当乐意，"狐狸说，"但是，您知道，我太善良了，真的太太善良了。只怕我没法板起脸来教育两个这么闹腾的小女孩。不，真的，我不能收养她们。我很抱歉，但这完全是为了她们好。"

然后，天鹅又去询问鹿。这只鹿刚刚收养了一只小鹿。

鹿回答说："我想过收养她们，但这太疯狂了。想想看，我一直生活在猎人、猎狗和枪的威胁之下。不，不，这样做是不明智的。我真的很遗憾不能收养她们。说实话，这两个孩子可真漂亮。"

天鹅又一一询问了其他的动物，但是没有一个愿意来抚养这两个小女孩。最后连野猪也抱歉说没办法收养的时候，坐在第一排的乌龟把脖子从壳里伸出来，小声说：

"既然没人要，那就由我来收养她们吧。"

这个令人惊讶的提议引起了动物们的哄堂大笑。一想到自己可能变成乌龟的女儿，小女孩们自己也忍不住笑了起来。笑声平息之后，天鹅亲切地感谢了乌龟，并赞扬了它的慷慨。为了不惹它生气，天鹅小心翼翼地劝它，说它个头太小了，不能管教这么大的女孩子，何况它走路也太慢了。乌龟也不反驳，只是把头缩回壳里，显然它还是生气了。眼见再也没有任何动物愿意收养两个小女孩，天鹅便去和它的兄弟们低声商量。黛尔菲娜和玛丽内特觉得自己已经自由了，她们回想起天鹅刚才那尴尬的样子，觉得很搞笑。过了一会儿，天鹅走回来，坐到自己的位子上，大声宣布：

"我和我的兄弟们决定收养这两个小女孩。我们要一起努力，严厉管教这两个没有教养、令人无法忍受的孩子。明年，当你们再来孤儿大会时，我想到时候你们一定会对她们的进步感到惊讶。"

小女孩们急忙站起来，想再一次解释她们的奇遇，但她们根本没来得及开口，就被从台上带到岛上的一个角落里，由耳背的老天鹅看着。远远的，她们可以看到动物们纷纷穿过池塘离开大会。

"等动物们都过了池塘之后，"为了让妹妹放心，黛尔菲娜对妹妹说，"天鹅们肯定会再回到岛上，到时候它们必须听我们解释。它们不能总不让我们说话吧。"

"可是在等的同时，"玛丽内特回答，"时间就这样过去了。爸爸妈妈很快就要从城里回家了，如果他们比我们先到家的话……他们不准我们过马路啊！啊！我不敢再往下想了。"

快到四点的时候，所有的动物都回到了池塘那边，但天鹅们似乎并没有决定要回来。它们在远处忙着捕鱼，岛上冷冷清清的。黛尔菲娜和玛丽内特越来越担心，脸色也越来越难看。看到她们愁容满面，老天鹅试图安慰她们。

"你们无法想象，你们在这里，我有多开心。"它说，"我已经觉得我离不开你们了。今天，它们把你们留在岛上，这不太好玩。不过明天你们将学会游泳，学会捕鱼。你们会看到这里的生活是多么地愉快。但是，哦，你们也许饿了吧？"

的确，小家伙们饿了。天鹅要她们等一会儿，它离开不多时，嘴里叼着一条鱼回来了。

"吃吧，"它一边说一边把鱼放在她们面前，"趁鱼还活蹦乱跳新鲜得很，赶快把它吃掉。我再给你们抓点儿来。"小家伙们摇着头，往后退。玛丽内特捡起鱼，走到池塘边，把它放了回去。老天鹅看得目瞪口呆。

"你们怎么能不喜欢鱼呢？"它说，"鱼在喉咙里跳动的感觉多好啊。不管怎么样，我得给你们再找找其他的食物。我在想……"

但是小女孩们太担心了，她们根本就没心思考虑肚子饿的事情。很快，她们从池塘的另一边看过去，太阳已经落到了树上。应该至少是晚上六点了，爸爸妈妈可能已经在路上了。黛尔菲娜和玛丽内特感到很恐慌，开始哭起来。看到她们哭，老天鹅不知道该怎么办，在她们面前急得团团转。

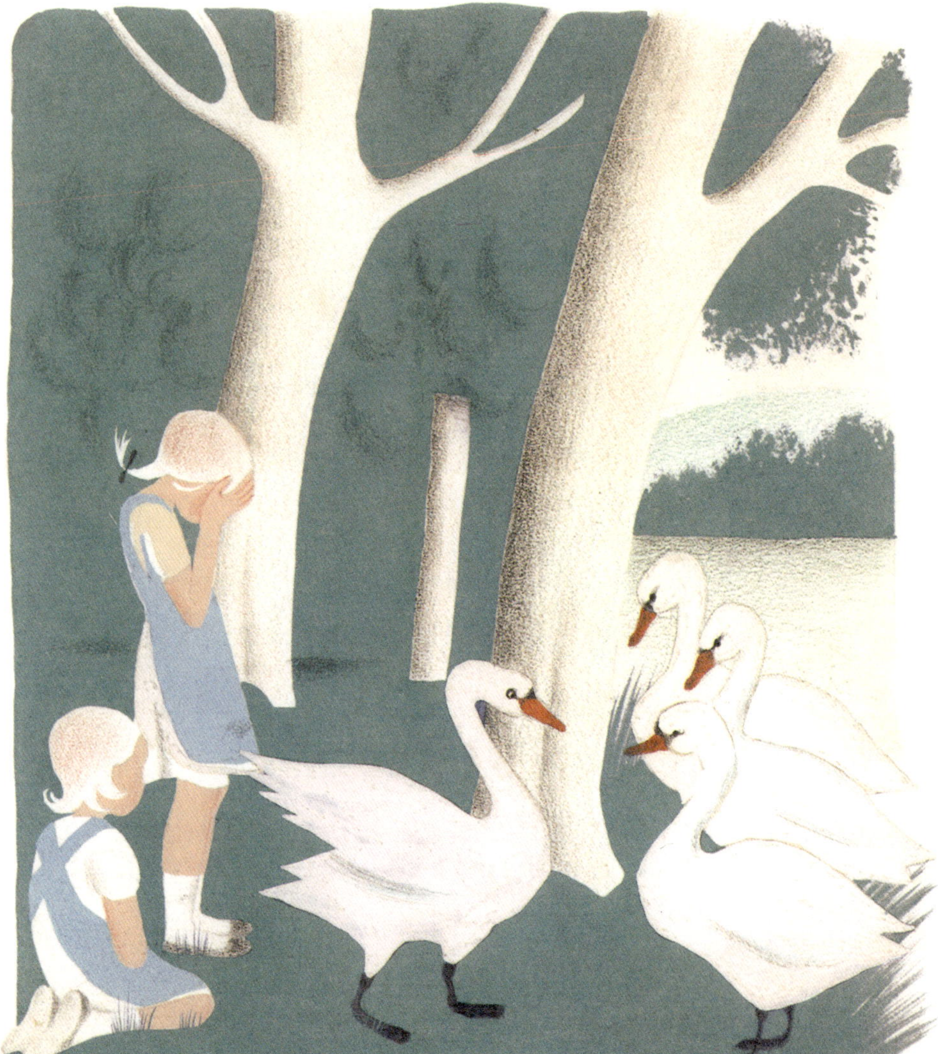

"你们怎么了？发生什么事情了？啊！我老了，听不见了，真该死！两个这么漂亮的孩子。啊！我有主意了。跟我来！我一到水上，就能听清楚别人跟我说的话了。"

老天鹅游进池塘，把嘴沉入水里。黛尔菲娜和玛丽内特告诉它，她们不听爸爸妈妈的话，过了马路，以及之后发生的一切。老天鹅听到这些后，开始向池塘中央游去，使劲吹着口哨。很快，那些在附近捕鱼的天鹅们应声而来，在它面前排成了一个半圆。

"可耻的坏蛋们！"老天鹅气得浑身发抖，朝它们叫道，"我真该把你们都赶出这个池塘！你们简直是我们这个天鹅群的耻辱！这两个小女孩，她们好心地将一只白色的小孤狗抱到这里来，可你们就是这样回报她们的！把她们扣了下来！还不准她们开口讲你们都干了些什么蠢事！"

天鹅们局促不安，都低下头。

"假如这些小家伙们被她们的父母责骂，"老天鹅一边领着她们朝小岛方向走去，一边说道，"那有你们好果子吃的！"

它走到两个小女孩跟前，命令天鹅们：

"你们伸长脖子请求原谅吧！"

天鹅们爬上岸，在小女孩们面前趴下，齐刷刷地把脖子伸长贴在地上。黛尔菲娜和玛丽内特感觉很不好意思。

"现在，去准备一个五只天鹅拉的筏子，一分钟也不能耽误了！我们要用筏子拉着两个孩子，沿着水渠，进入河道，然后我们在河水中逆流而上，把孩子们一直送到离马路最近的地方。当然，我们会一直把她们送到家。快点儿，懒家伙们！"

天鹅们马上行动起来，很快就准备好了筏子。黛尔菲娜和玛丽内特爬上筏子，由五只天鹅拉着航行。它们排成一排，在它们前面，还有六只天鹅，负责拨开那些可能会阻挡筏子前进的树枝。老天鹅在筏子附近游来游去，监督着这一切。到水渠的时候，同伴们怕它太劳累，不想让它一起去。它们都说，它年纪太大了，奔波这么远太危险了。黛尔菲娜和玛丽内特也恳求它回到岛上去。

"不要担心，"它回答，"一只老天鹅的命算不了什么，要紧的是不能让两个小姑娘挨骂。快点儿，快点儿，我们得快点儿！天快要黑了。"

的确，太阳已经落山了，暮色降临在池塘上。在水流的推动下，这支队伍很快过了水渠。五只天鹅竭尽全力拉着木筏，老天鹅上气不接下气地跟着它们。如果它们稍微放慢速度，它就立刻对它们喊：

"再快点儿！慢腾腾的家伙们！要不然我们的小姑娘会被骂的！"

当筏子进入河道时，天已经黑了，它们不得不在黑暗中与强大的水流做斗争。幸亏月亮很快就升起来了，航行才更容易了些。最后，老天鹅发出了上岸的命令。黛尔菲娜和玛丽内特看到老天鹅很累，便劝它去休息，但它哪里肯听，执意领着她们继续赶路。

"别浪费时间了，我害怕我们会赶不及。"它说，"啊！真的，好担心啊。"

在白色队伍的护送下，小家伙们踏上了回家的那条马路。突然她们差点儿惊叫了出来。在她们前面一百米处，爸爸妈妈背对着她们，每人提着一个篮子，正朝家里走去。老天鹅明白了现在的状况。它立刻把两个小女孩带到马路那一边的篱笆后，并轻声对她们说：

"从篱笆后面跑过去，你们很快就会超过爸爸妈妈。当你们到了家门口时，再穿过马路。我们会在其他地方设法分散爸爸妈妈的注意。重要的是，你们要刚好提前一点儿到家。"

小女孩们很想听从它的建议，但她们从早上开始就没吃东西，又饿又累，几乎撑不住了，只好拖着两条腿勉强往前赶。因为她们走得比爸爸妈妈慢，所以他们之间的距离越来越远了。

"这就不好办了，"老天鹅喃喃地说，"得拖延时间。让我来吧！"它走到马路上，在爸爸妈妈的背后边跑边喊：

"喂！你们路上没丢什么东西吗？"

爸爸妈妈停了下来，借着月光，看看篮子里有什么东西不见了。老天鹅尽量放慢了脚步，好让小女孩们赶到爸爸妈妈前面去。爸爸妈妈开始不耐烦了。

"你们什么也没丢吗？"它边说着边走到他们跟前。"我在路上发现了一根漂亮的白色羽毛，不是我的，我想它应该是你们的。"

"你把我们当成像你一样的傻瓜了吗？我们身上会有羽毛？"爸爸妈妈气冲冲地骂了两句，然后扭头继续赶路。

老天鹅又跑到了篱笆那边。小女孩们终于领先了一点儿，但爸爸妈妈走得快，眼看就要超过她们了。老天鹅看上去已经筋疲力尽了。在鼓励了黛尔菲娜和玛丽内特之后，它又努力带着同伴们向前跑去。小女孩们看见这群白色的天鹅安静地跑在她们前面，然后在篱笆的一个缺口处消失了。这时，爸爸妈妈还在继续赶路，谈着在家里等他们回家的女儿们。

"希望她们乖乖的，没有过马路。啊！要是她们敢过马路的话！"

黛尔菲娜和玛丽内特听完爸爸妈妈的话，吓得两腿直发软。突然，爸爸妈妈停了下来，睁大了眼睛。在他们的前面，在马路中间，有十二只大天鹅在月光下跳舞。

它们两两成双,围在一起转圈,用一条腿跳舞,另一条腿打招呼,这样再形成了一个大圆圈。然后,它们伸直长脖子,十二个脑袋的喙尖碰在一起,就这样飞快地旋转起来,变成了一阵飞雪,几乎分辨不出彼此。

"很漂亮。"爸爸妈妈好一阵子才回过神来说,"但现在可不是看跳舞的时候,我们应该赶快回家。"

他们从天鹅中间走过,把它们甩在身后,头也不回地继续赶路。在篱笆的那边,小女孩刚刚领先,很快又听到了爸爸妈妈咚咚咚的脚步声,她们已经不指望能比爸爸妈妈先到家了。老天鹅和它的同伴们一起离开了马路,跟在小女孩后面小跑。但是老天鹅太累了,磕磕绊绊一路,差点儿就摔倒了。它本来就已经跑了很长一段路,刚刚的舞蹈实在让它疲惫不堪了。最后,当它用尽全力,赶上两个小家伙时,爸爸妈妈离房子只有一百米了。

"别担心,"它说,"你们不会挨骂的。但我会离开你们,把你们交给我的朋友们照顾。答应我,要听它们的话。它们会在适当的时候让你们过马路。"

老天鹅离开了篱笆，然后，用尽最后的力气，向田野跑去。渐渐，它的速度变慢了，它感觉自己的两条腿发僵了。它来到一片草地上，往一边倒了下去，再也站不起来了。于是它开始唱歌，就像天鹅临死时那样。它的歌声那么美丽，让人听了都忍不住流泪。马路上，爸爸妈妈手牵着手，不知不觉地转过身来，穿过田野去寻找歌声。天鹅一曲终了，他们仍然还在露水中行走，也没有想要回家。

在厨房里，黛尔菲娜和玛丽内特正在灯下做针线活儿。餐具摆好了，火也生起来了。爸爸妈妈走进来，小声地和孩子们打招呼，孩子们甚至都认不出他们的声音来。他们的眼睛湿润，一直看着天花板，这是以前从来没发生过的。

"真可惜，"他们对孩子们说，"真可惜，你们刚刚没有过马路。一只天鹅在草地上唱歌。"

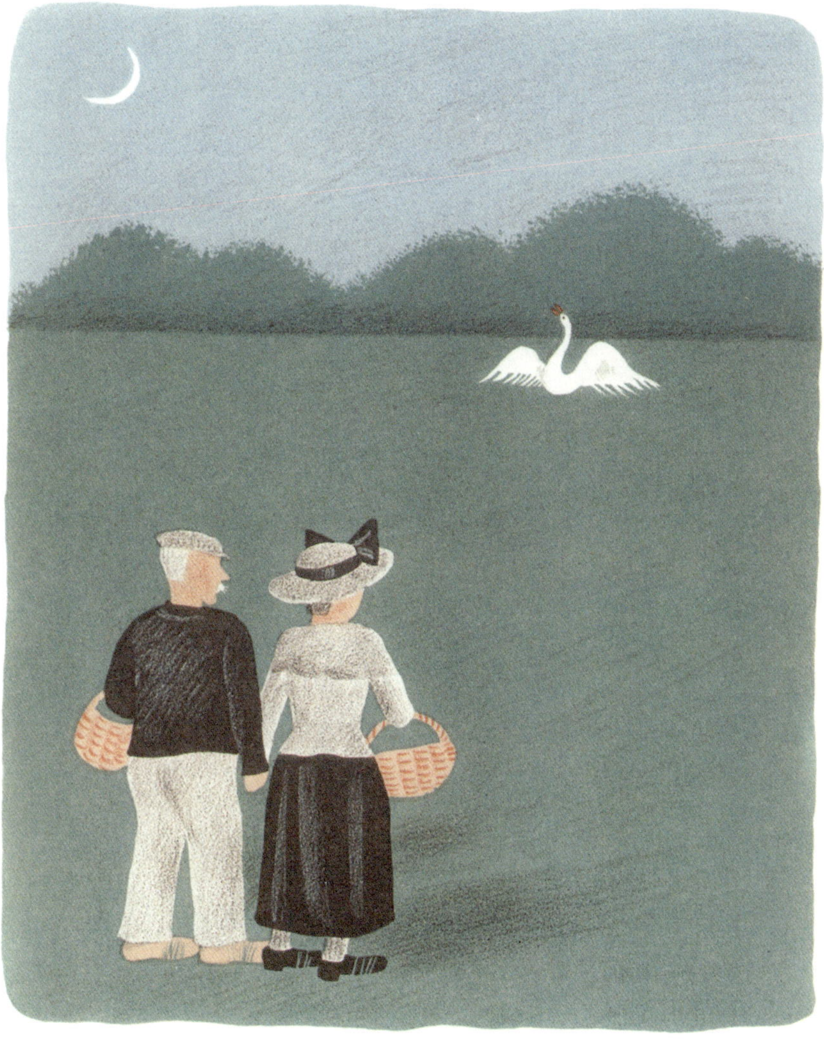

图书在版编目（CIP）数据

捉猫记 /（法）马塞尔·埃梅著；（法）娜塔莉·帕兰绘；胡庆余译 . -- 南京：江苏凤凰文艺出版社，2021.11（2022.5 重印）

（大作家写给孩子们）

ISBN 978-7-5594-6273-2

Ⅰ. ①捉… Ⅱ. ①马… ②娜… ③胡… Ⅲ. ①童话 - 作品集 - 法国 - 现代 Ⅳ. ① I565.88

中国版本图书馆 CIP 数据核字 (2021) 第 191896 号

捉猫记

［法］马塞尔·埃梅 著　　［法］娜塔莉·帕兰 绘　　胡庆余 译

项目统筹	尚　飞
责任编辑	王　青
特约编辑	周小舟
装帧设计	墨白空间·李易
出版发行	江苏凤凰文艺出版社
	南京市中央路 165 号，邮编：210009
网　　址	http://www.jswenyi.com
印　　刷	天津图文方嘉印刷有限公司
开　　本	880 毫米 ×1230 毫米　1/32
印　　张	7
字　　数	85 千字
版　　次	2021 年 11 月第 1 版
印　　次	2022 年 5 月第 2 次印刷
书　　号	ISBN 978-7-5594-6273-2
定　　价	58.00 元

江苏凤凰文艺版图书凡印刷、装订错误，可向出版社调换，联系电话 025 - 83280257